John Fante
Full of life

ジョン・ファンテ　栗原俊秀 訳・解説

満ちみてる生

未知谷
Publisher Michitani

満ちみてる生　目次

1　5
2　38
3　78
4　106
5　124
6　141
7　156
8　170
9　182
訳者あとがき　205

満ちみてる生

H・L・メンケンに　変わることのない讃嘆をこめて

1

大きな家だった。なぜなら僕らは、いくつもの大いなる計画を抱いていたから。ひとつめはすでにそこに、彼女の腰のあたりの小山にあった。それはかすかに震えていた。絡まり合う蛇のように這いずりまわり、身をよじらせている。日付けが変わる前の静かな時間、僕はその場所に耳を押しつけていた。まるでそこに泉があって、ちょろちょろ水が流れているみたいだった。水が溢れたり、吸いこまれたり、吹き出したりする音だった。

僕は言った「この動き方は、間違いなく男の子だね」

「あら、そんなことないわ」

「女の子なら、こんなに足を動かさないよ」

けれど彼女は、僕のジョイスは、僕の言葉を聞き流した。それは彼女の中にあった。彼女は冷淡で、尊大で、すばらしく幸福だった。

ところが僕は、その出っ張りにさして興味がなかった。

「すこし見栄えが悪いな」膨らみが目立たないように何か巻いたらどうかと、僕はジョイスに提案した。

「この子を殺すつもり?」

「専用に作られたものがあるんだよ。店で見たんだ」

ジョイスは冷ややかに僕を見つめた。そのときの僕は、夜分にそこを通りかかっただけの、無知で愚鈍な男だった。忌まわしく疎ましい、人ですらない存在だった。

家には四つの寝室があった。じつに素敵な家だった。杭の垣根が庭を囲み、高い屋根から庇が張り出している。路上から玄関にいたるまでの通りには、たくさんのバラが植えられている。玄関の扉の上には、テラコッタの大ぶりなアーチがかかっている。扉にはどっしりとした真鍮のノッカーが取りつけてある。三七番地に建つ家だった。これは僕のラッキーナンバーだった。僕はよく通りを渡って、大きく口を開けたまま全体の姿を眺めやった。

わが家よ! 四つの寝室、広大な空間。そこには僕ら二人が暮らし、今まさに、もう一人がやってこようとしていた。ことによれば、もう七人になるかもしれない。それが僕の夢だった。三十歳の男には、七人を育てるための時間がまだ残されている。ジョイスは二十四歳だった。一年につき一人でいい。もうすぐやってくる一人目と、そのあとの六人で、併せて七人。あぁ、世界はなんと美しいのだろう! 空はなんと広いのだろう! 夢見る者はなんと豊かなのだろう! もちろん僕らは、一つか二つ部屋を増築したほうがいいだろう。

「急になにか欲しくならない? 味覚は変わった? そういうこと、よくあるらしいよ。僕もいろいろ読み漁ってるんだ」

「なにも変わらないわね」

ジョイスも本を読んでいる最中だった。アーノルド・ゲゼル著『今日の文化における幼児と子供』。

「その本、どう？」

「すごくためになるわ」

ジョイスはフランス窓の向こうの通りをじっと見つめた。そこはウィルシャーからほど近い目抜き通りだった。ウィルシャー大通りでは、バスが走り抜けるたびに地面が揺れた。渋滞の騒音は牛の鳴き声のようだった。往来の絶え間ない轟音が聞こえなくなるのは、サイレンの金切り声が響くときだけだった。とはいえ、それらはすべて遠い世界での出来事だった。僕らの家は、そうした喧騒から二〇〇フィートも離れた場所に建っていた。

「カーテンを換えられないかしら。黄色のカーテンに緑のヴァランスでないとだめなの？」

「ヴァランス？　お母さん、ヴァランスってなんのことだい？」

「お願いだから、その呼び方はやめて」

「ごめん」

ジョイスは読書を再開した。アーノルド・ゲゼル著『今日の文化における幼児と子供』。妊娠中は、読書が大きな慰みをもたらしていた。小山は本をもたせかけるのに打ってつけの場所だった。ちょうどあごの高さに本がきて、簡単に頁をめくることができた。ジョイスはとてもきれいだった。灰色の瞳が信じられないほどの輝きを放っている。ジョイスの瞳に、僕はなにか新しい要素を見てとった。

それは、不敵さだった。僕は震えあがった。思わず目をそらしたくなった。僕は窓を一瞥した。「ヴァランス」とはなんのことか、ようやく分かった。窓の近くに、緑の物はひとつしかなかったから。それはカーテンの上の方で波打っている、金具を隠すための飾り布だった。

「どんなヴァランスがいいんだい、ハニー?」

「ハニーって呼ばないで。それ、好きじゃないの」

ジョイスはソファに腰かけていた。きつく閉ざした口に、煙草用のパイプをくわえている。灰色の瞳が敵意にきらめき、長くて白い指がゲゼルのページをつまんでいた。僕はジョイスのもとを離れた。表の庭に出て、バラの茂みのあいだに立ち、僕の家をうっとり眺めた。この家は、僕のペンにたいする報酬だった。僕は作家だった。ジョン・ファンテには三冊の著書があった。一冊目は二三〇〇部、二冊目は四八〇〇部、三冊目は二一〇〇部ほど売れた。けれど映画の世界では、本がどれだけ売れたかは問題にされなかった。彼らの求めているものを、彼らの求めているときに提供できれば、彼らは金を支払った。相当な額を支払った。そしてこの時期、僕は彼らの求めているものをいくらでも書くことができた。毎週木曜日、高額の小切手が家に届いた。

ヴァランスのために業者の男がやってきた。こいつはゲイだった。爪はきれいに手入れされ、ベルト付きのコートの下にペイズリー柄のスカーフが巻かれていた。細い指をくねくねとよじらせている。男とジョイスのあいだには、僕の立ち入れない親密な空間が生まれていた。紅茶とケーキが並んだテーブルで、二人は笑い、お喋りに興じていた。トサカのない雄鶏と近づきになれて、ジョイスは大喜びだった。緑のヴァランスを手にした男は、嫌悪感に身を震わせた。歓声を上げ、勝ち誇るようにヴァランスをずたずたに引き裂き、新しい青のヴァランスを取りつけた。男がトラックを呼ぶと、部屋の家具はトラックの荷台へと引きずられていった。青色に合うよう、家具の張り地を取り換えるためだった。

　青はジョイスの心を落ち着かせた。ジョイスは今、とても幸福だった。ジョイスは窓を洗いはじめた。床にワックスをかけた。洗濯機が嫌いなジョイスは、洗濯物を手で洗っていた。僕たちは週に二回、家政婦に来てもらって、重労働の代行を頼んでいた。けれどジョイスはその女性をくびにした。

「ひとりでやるわ。誰の助けも必要ないから」

あまりの仕事の多さに、ジョイスは疲れきっていた。丁寧にアイロンのかけられた十枚のシャツが、ジョイスの傍らに山と積まれている。親指には火傷の赤い跡があった。髪は乱れ、目は落ちくぼみ、日ごとに疲労の色が増していった。けれど腹の突起はびくともしなかった。それはつねにそこにあり、少しもくたびれていなかった。

「もう無理よ」ジョイスが唸った「家は大きすぎるし、やることは多すぎるし」

「なぁ、どうして自分でやろうとするんだよ？　体に良くないって分かってるだろ？」

「ごみ屋敷で暮らしたいの？」

「誰かに頼もうよ。それくらいの余裕はあるんだから」

あぁ、彼女は僕を憎んでいた。ジョイスは歯をくいしばり、落ちかかる髪を力強くうしろに払った。布巾をつかみ、おぼつかない足取りでダイニングルームへ向かった。テーブルを拭くためだった。それは長く、絶望的な取り組みだった。見るからに憔悴していた。ジョイスは肘をテーブルにもたせかけ、苦しそうに息を吐いていた。

「手伝うよ」

「触らないで。近寄らないで！」

ジョイスは椅子に崩れ落ちた。髪は乱れ、火傷した親指が痛んでいた。けれどそれは高貴さの証でもあった。瞳は輝き、疲れ果て、一点を見つめ、周囲に警告を発していた。手から布巾が垂れている。唇に貼りついた物憂げな笑みが、郷愁の念を伝えていた。幸福な時代を思い出しているのだろうと僕は思った。おそらくは一九四〇年、サンフランシスコの夏。そのころ、ジョイスの体はすらりとしていた。背中の痛くなる家事とは無縁だった。ジョイスは自由で、独身で、イーゼルと絵の具を抱えテレグラフヒルの頂きに登ったり、ゴールデンゲートを眺めながら悲劇的な愛のソネットを詠んだりしていた。

「家政婦を呼んだ方がいいよ。終日で家事を頼もう」

不肖の作家は、順風満帆の日々を送っていた。金の心配は少しもなかった。木曜日がくるたびに、機知と友愛に満ちた僕のエージェントが、パラマウント社の小切手を届けてくれた。もちろんその小切手は、国の税金とエージェントの手数料に食い荒らされたあとだった。それでも僕たち二人にとっては、じゅうぶんすぎる額だった。

「ショッピングに行ってきたら？　なにか欲しいものを買ってきなよ」

神よ、お慈悲を！　僕は出っ張りのことを忘れていた。言葉を口に押し戻そうとしたけれど、手遅れだった。ジョイスはそれを忘れなかった。ジョイスが階段を這うようにして降りてくるとき、僕はそれが見えていないような振りをしなければならなかった。僕の妻は白い風船だった。今にも爆発しそうな妻が、囚人のように家のなかをうろうろしていた。
彼女は言った「こっち見ないで」
彼女は言った「きっとあなたは、スリムな女優を眺めて一日をつぶしてるのね」
彼女は言った「なに考えてるわけ？」
彼女は言った「二度とごめんよ。これが最初で最後だわ」
時折、こちらを見つめるジョイスの視線に僕が気づくと、ジョイスはゆっくり頭を振った。
「ほんとうに、どうしてわたしはあなたと結婚したのかしら？」
僕は黙って、間の抜けた笑みを浮かべていた。僕だって、どうしてなのか知らなかった。けれど僕は、彼女が僕と結婚してくれたことが、とても嬉しくて誇らしかった。

家事の熱狂はようよう収まり、僕らはあらためて家政婦を雇った。ジョイスの関心はガーデニングに向かった。ジョイスは本と道具を買った。ある日のこと、外出から戻った僕は、ガレージに牛糞の肥料が十袋も積まれているのを発見した。玄関から路地へとつづく通りに植えられたバラを、ジョイスはすべて引き抜いた。バラは通りの両側に六株ずつ、合計十二株植えられていた。ジョイスはバラの根元にスコップを挿し入れ、バラの株を土の中から掘り返し、裏庭へと運んでいった。根を切るのには鎌を使った。ジョイスは手袋をはめ、生け垣の下に這いつくばり、球根を植え、肥料とピートモスで球根を覆った。こうして日々が過ぎていった。膝が赤茶色にくすみ、腕には擦り傷ができていた。

庭を清潔に保つことに、ジョイスはなみなみならぬ情熱を燃やした。毎日庭を点検し、庭のなかの小道までじっくり調べ、こまごまとしたごみを麻袋に入れていった。生け垣から刈られた草や、葉や、木片など、庭の土に根を下ろしていないあらゆるものをジョイスは燃やした。堆肥のために、裏庭に穴を掘った。古くなった芝をそこに入れ、肥料と混ぜ、水を注ぎ、何日かに一度、先のとがった棒で穴の中をかきまわした。

午後遅く、車をガレージに入れるとき、裏庭にはたいていジョイスがいた。頭に白いスカーフを巻いて、焼却炉の前に立っていた。哀しげだった。黙々と、火にごみをくべていた。ジョイスの足元には、これから燃やされるボール紙が何枚も積まれていた。ジョイスは炎を見つめ、時おり棒で火をかきまわした。ジョイスは今や、清潔という名の狂気に憑りつかれていた。焼却炉のまわりには塵ひとつ落ちていなかった。空き缶専用の屑籠を用意し、そこに丁寧に空き缶を並べている。その隣には、空き瓶専用の屑籠があった。ジョイスは毎日の生ごみを小さな袋にまとめ、新聞紙に包み、ひもで固く縛っていた。

夜になると、家のなかをうろついているジョイスの足音が聞こえた。冷蔵庫のドアを閉め、トイレの水を流し、一階のラジオにスイッチを入れ、裏庭を歩きまわっていた。僕は窓からジョイスの徘徊を眺めていた。タオル地にくるまれた丸い物体が、月明かりに照らされている。威厳と自信に満ちたジョイスの前で、丸い突起が元気よく弾んでいた。ジョイスはたいてい、腕に一冊の本を抱えていた。アーノルド・ゲゼル著『今日の文化における幼児と子供』。

「あなたはもう、わたしといっしょに寝てはだめ」ジョイスが言った「これから先、ずっとよ」

「坊やが生まれたあとでもかい？」

「この子は女の子よ」

「どうして女の子だって言い張るのかな」

「男の子は嫌いなの。男の子って邪悪だから。この世の揉め事はすべて男の子が引き起こすのよ」

「女の子だって揉め事を起こすじゃないか」

「そういう揉め事じゃないの」

「きみはきっと、僕らの息子に夢中になるよ」

「この子の名前はヴィクトリアよ」

「そいつの名前はニックだね」

「わたしはヴィクトリアがいいの」

「ヴィクターでどう？」

「ヴィクトリアよ」


僕はどうしようもなくジョイスを必要としていた。はじめてジョイスに会ったときからそうだった。あのとき、ジョイスは僕の前から去っていった。僕らがいっしょにお茶をした、ジョイスの叔母の家から帰っていった。ジョイスがいなくなって僕は調子を崩した。次にジョイスに会うときまで、僕の四肢はずっとまともに動かなかった。もしもジョイスがいなかったら、僕の人生は別物になっていただろう。新聞記者でもれんが積み工でもいいから、とにかく手近な仕事に就いていただろう。たいした価値はないにせよ、僕が文章らしきものを書けているのは、すべてジョイスのおかげだった。僕はいつも、書きかけの仕事を中断してばかりいた。自分の書いたものを憎み、絶望し、原稿を丸めて部屋の隅に放り投げた。するとジョイスが、部屋のあちこちを探しまわり、原稿を回収した。僕もたまにはうまく書けるときがあった。けれど、自分ではそれに気づかなかった。自分の書いたどの行も、普段の文章より出来が悪く思えた。どうやって確信を持てばいいのか分からなかった。ジョイスは原稿を整頓し、価値のあるものを選り分け、それを保管しておいた。そして、つづきを書くよう僕を急かした。いつしかそれが習慣になった。僕はできるかぎり良いものを書き、原稿をジョイスに渡した。ジョイスは切り貼りの仕事を担当した。やがて作品の形をしたものが出来上がった。序盤も中盤も終盤もあった。僕はそのとき、印刷された本を見たときよりも、はるかに深い驚嘆を覚えていた。僕ひとりでは、けっして成し遂げられない仕事だった。

このようにして三年が過ぎ、四年が過ぎ、五年が過ぎていった。ようやく僕も、自分の仕事にたいする見解のようなものを抱くようになった。けれどそれは、ジョイスの見解だった。ほかの読者のことは、僕はいっさい気にかけなかった。僕はジョイスのためだけに書いた。もしもジョイスがいなかったら、たぶん僕は一ページも書けずにいた。

妊娠してから、ジョイスは僕の書いたものを読もうとしなくなった。脚本の一部を手渡しても、ジョイスは関心を示さなかった。妊娠五ヵ月目の冬、僕は一本の短篇を書いた。ジョイスはその原稿にコーヒーをこぼした。前例のない出来事だった。僕の短篇を読むあいだ、ジョイスはしきりにあくびをしていた。腹に赤ん坊を宿す以前、ジョイスはいつも原稿をベッドに持ちこんでいた。ベッドのなかで、僕の文章から余分な枝葉を削ぎ落とし、体裁を整え、余白部分にコメントを入れてくれた。

子供が一個の岩となって、僕とジョイスを隔てていた。僕は不安だった。はたして自分たちの関係は、いつか元通りになるのだろうか。僕は在りし日を思い焦がれた。ジョイスの部屋に忍びこみ、ジョイスの持ち物を漁った日々。僕はあのころ、スカーフや、ドレスや、白いリボンの切れ端に触れるたび、恍惚のあまり目をまわしていた。僕の喉から、ウシガエルの鳴き声のような音が漏れた。愛しいきみを近くに感じて、僕はたまらなく幸福だった。ジョイスが鏡台の前に腰かけるための椅子、ジョイスのかわいらしい顔を映す鏡、ジョイスが頭をもたせかける枕、洗濯物入れのなかに放りこまれたストッキング、無邪気な悪意をまき散らすシルクの下着、ネグリジェ、石鹸……そして、入浴に使われたあとの、まだ温かさの残る湿ったタオル。こうしたものを、僕は必要としていた。これらはすべて、ジョイスとともにある僕の人生の一部だった。口紅の染みでさえ大切だった。なぜならその赤は、最愛の女性の暖かな唇に付着していたものだから。

事情は変わった。今ではジョイスは、妊婦専用のガウンを身に着けている。腹部に大きな穴があり、そこから突起が顔を出していた。だぶついたスリップは、目を背けずにはいられない代物だった。ぺたんこの靴を履いたジョイスを見て、彼女はこれから田植えにでも行くのかと僕は思った。ジョイスが着ているブラウスは、小型のテントにそっくりだった。この手の衣類に顔をうずめ、古く慣れ親しんだ情熱に身を震わせる男など、この世に存在するのだろうか？　香りさえもが変わってしまった。ジョイスはかつて、「ファーナリー・アット・トワイライト」という香水を使っていた。これはまさしく魔法だった。ショパンやエドナ・ミレイが呼吸をしているみたいだった。ジョイスの髪や肩から立ち昇るその香りは、僕に向けられた合図だった、わたしを追いかけてほしいというメッセージだった。ジョイスはもう、ファーナリー・アット・トワイライトを使わなかった。これまでとはまるで違う、「ゲイロード・ハウザー」のコロンのような香りが、ジョイスのまわりを漂っていた。澄んだアルコールと混じり気のない石鹸が放つ、じつに健康的なにおいだった。そのほかにも、ビタミン剤、ビール酵母、糖蜜、乳首の痛みを和らげる軟膏のにおいなどが、つねにジョイスを取り巻いていた。

僕はベッドに横になり、家のなかをうろつくジョイスの足音に耳を傾けていた。自分たちの身になにが起きたのか、不思議でならなかった。僕は暗闇のなかで煙草を吸い、ぼんやりと思案を重ねた。ひょっとしたら、ジョイスは僕を、別の女のもとに走らせようとしているのか。そんなことを考えて、僕は苦いうめきを漏らした。ジョイスはもう、僕を欲していなかった。ほかの女に、誰とも知れぬ愛人に、僕を押しつけようとしていた。けれど、その愛人とやらはどこにいる？　独身男がさまようジャングルに、僕は何年も前から近づいていなかった。もし僕がほかの女と関係を持ちたいとして、どこでその女を見つけてくれればいいのだろう？　サンタ・モニカ大通りの界隈をこそこそ忍び歩きしている自分の姿を、僕は思い浮かべた。薄暗いジャズバーで、体のふさがっていない女たちの前でよだれを垂らしている。額に汗を浮かべつつ、気の利いた会話を必死にこねくりまわしている。そうした情事のぞっとするほどの醜悪さを覆い隠すため、次から次へとグラスを空にしている。いいや。僕はジョイスを裏切れそうになかった。裏切りたいとも思わなかった。この事実に、僕は不安を抱いていた。妊娠している妻に不貞を働くことは、男たちに馴染みの習慣ではないのだろうか？　僕はゴルフクラブで、何度も同じような話を聞いたことがあった。僕のゴルフ仲間はみんな浮気をしていた。僕はどこかおかしいのか？　どうして僕は、街に出て禁じられた悦楽に身をゆだねないのだろう？　僕は横になったまま、見知らぬ果実への欲望の炎を燃え上がらせようとした。けれど少しも、思うようにいかなかった。

とはいえ、ひとりで寝るのは快適だった。僕はこの喜びを長いあいだ忘れていた。四年間、僕らは毎晩隣り合って眠っていた。いつしか僕は、その状況に順応していた。ジョイスに蹴られても不平ひとつこぼさなかったし、上掛けから半分くらい体がはみ出していてもちゃんと眠れた。僕らはそうして、一三〇〇回もの夜を過ごした。けれど妊娠してからというもの、ジョイスの振る舞いは悪化する一方だった。フェアプレーの精神は完全に消失した。ジョイスは原始の密林へ帰ってしまった。そこでは誰もが、生存のための闘争を強いられた。冷ややかに、泰然と、ジョイスは僕の体を叩いた。僕は夜中にしょっちゅう目を覚ました。それというのも、僕の頭の下から枕が引き抜かれたり、リンゴを噛み砕く音が聞こえてきたり、シーツと毛布のあいだに散乱しているグラハムクラッカーの破片がちくちく肌を刺したりするからだった。自由を得た難民のようにして、ジョイスは食べ物を貪っていた。大きなサンドイッチと牛乳の入ったピッチャーがベッドに持ちこまれた。ジョイスの牛乳の消費量は莫大だった。積み重なった（自分と僕の）枕にもたれかかり、ジョイスはサンドイッチを食べ、読書にいそしんでいた。読んでいるのはたいてい、アーノルド・ゲゼル著『今日の文化における幼児と子供』だった。あるいは、アーノルド・ゲゼル著『幼児の食習慣：若年期の健康にたいする小児科的アプローチ（フランシス・L・イルクとの共著）』や、マーガレット・ギルバート著『胎児の伝記』のこともあった。

一晩につき十回、ジョイスはベッドから飛びだして洗面所に駆けていった。ジョイスがトイレの水を流すと、厚かましいまでの騒音が家中に響きわたった。うがいして、歯を磨き、シャワーを浴びて、跳ねるような足取りでベッドまで戻ってきた。ジョイスは枕元に腰を落ちつけた。そこはもはや居酒屋へ変貌していた。ベッドの上でくつろぐジョイスは、丸く膨らんだ女神のようだった。僕が体を動かしたり、なにか呟いたりしても、ジョイスは少しも気にしなかった。

そう、ひとりで寝られることが、僕はとても嬉しかった。デリカテッセンではなくベッドに横になれることが、腕と足を思いきり伸ばせることが僕はとても嬉しかった。それはどこか不気味な喜びだった。太古の饗宴であり、母なる大地への帰郷だった。けれどジョイスは僕の喜びに気づいていた。壁越しに、僕の喜びを感じ取ったに違いなかった。なぜならジョイスは、本や、マッチや、サンドイッチや、コップ一杯の牛乳を、またも欲しがるようになったから。ジョイスの望むものがそれらのいずれにも当てはまらない場合、僕の枕元にいきなり明かりが灯されることもあった。そこにはジョイスが立っていた。重くて、白くて、哀しかった。ジョイスは小さな声で言った「眠れないの」僕が寝ているのは一人用のベッドだった。二人でいっしょに寝るためには、ジョイスが仰向けになり、小山をまっすぐ屹立させるよりほか手立てがなかった。僕は端に寄った。溝の縁で寝ているような気分だった。

「わたしのことが嫌いなのね」

「そんなことないよ」

「どうして離れてるの？　そばにいたくないの？」

「きみの上で寝るわけにはいかないから」

「別にいいわよ。ご自由にどうぞ」

「そういう気になれないんだ。ごめん」

「わたしの息のせい？」

ジョイスは僕の顔に息を吐きかけた。その息には声があった。「わたし妊娠してます」と、ジョイスの息がたけだけしく主張していた。かつては甘く暖かだったジョイスの口から、妊婦に特有の不思議な香りが伝わってきた。悪臭ではなかったけれど、芳香とも言い難かった。

「うん、ちょっとおかしな臭いだね」

ジョイスは束の間、ぴくりとも動かずに横たわり、じっと天井を見つめていた。白い小山が均等なリズムを刻んでいた。小山の上にジョイスの両手が組まれている。ジョイスは泣きだした。涙の小川がジョイスの顔を流れ落ちていった。

「おい！　どうした？」

「便秘なの」ジョイスはすすり泣いた「わたし、ずっと便秘なの」

僕はジョイスを抱き寄せた。ジョイスの髪を撫でつけ、暖かな額にキスをした。

「みんな妊婦が嫌いなの」ジョイスはなおもすすり泣いていた「どこに行ってもそれが分かるの。道ばたでも、お店でも、どこに行っても。みんなじろじろ見てくるの。わたし、もう耐えられない」

「考えすぎだよ」

「あの素敵なお肉屋さん。いつもとっても優しかったのに。今はわたしを見ようともしないの」

「そんなに大切なことかな？」

「ものすごく大切よ！」

ジョイスはあの晩、おびただしい量の涙を流した。頬が腫れ、すっかり緊張が和らいだころ、ジョイスはようやく泣きやんだ。巣のなかで体を動かしている雛鳥が、ジョイスの気を紛らしたようだった。ジョイスは毛布をずらした。

「見て」

風船に閉じこめられた子猫のように、赤ん坊が暴れていた。強烈な蹴りだった。ジョイスの腹に、小さな足の形が浮き出ていた。自分を閉じこめている壁を、力いっぱい蹴り飛ばしていた。

「女の子なら、こんな蹴り方しないだろうね」

「いいえ、女の子だってこうやって蹴るわ」

柔らかく暖かなジョイスの小山に、僕は耳を押し当てた。醸造所の音が聞こえる。空気を通すパイプや、醸造桶や、蒸気で瓶を洗う機械が、ジョイスの小山のなかに詰まっていた。そのずっと先、醸造所の屋根の上で、誰かが助けを求めて叫んでいた。ジョイスが僕の手をつかんだ。

「ここが頭よ」

僕はそれを探り当てた。野球ボールくらいの大きさだった。手や足のようなものに僕は触れた。次の瞬間、僕はぞくりと身を震わせた。けれどなにも言わなかった。ジョイスに不安を与えたくなかった。そこには二つの野球ボールがあった。そこには二つの頭があった！

「素晴らしいね、最高だよ」僕はジョイスに言った。僕の喉は恐怖に締めつけられていた。なぜならそれは、確かにそこにあったから。僕の愛しいジョイスは、あまりにも恐ろしい重荷を宿していた。僕はもう一度その場所に触れてみた。もはや疑いようがなかった。僕たちの子供は怪物だった。僕は歯をきつく噛みしめ、そのまま横になった。心臓が激しく鼓動していた。恐怖のあまり口が利けなかった。こんなときに涙を流すのは、男として恥ずかしい行為だった。だけど僕は、自らの悲嘆をこらえきれなかった。僕の涙を目にしたとき、ジョイスは僕をありったけの優しさで包みこんだ。僕が泣いてジョイスは喜んでいた。

「あなた！　そんなに感動してくれたの？」

僕はどうにか自分を取り戻した。ひとりになって、事態を慎重に検討したかった。スタンリー先生に電話して、なにかできることはないか確かめたかった。ジョイスの空腹が僕に口実を与えてくれた。ジョイスはアボガドのサンドイッチを所望した。サンドイッチを用意するために僕は立ち上がった。でも僕は、自分が間違っていることを確かめておきたかった。僕は枕元に引き返した。

「もう一度触ってもいいかな？」

「もちろん」

僕は手のひらでその場所をじっくり調べた。そこには二つのこぶがあった。僕は危うく気絶しそうになった。なら、間違いではなかったのか。僕らは怪物の親になるのか。僕はよろめきながら階段を下りた。キッチンの隣に、電話の備えつけられた小部屋があった。僕はその小さな空間に立ちつくしていた。暗闇のなか、頭を壁にもたせかけ、はらはらと涙を流した。

今やすべてが明らかだった。生ごみ入れを逆さにしたみたいに、過去が眼前にぶちまけられた。ジョイスはなにも悪くなかった。ジョイスの人生は清らかで、そこには染みひとつ見当たらなかった。一方のジョン・ファンテは、結婚する前の数年間、でたらめな情事に彩られた愚かしい日々を送っていた。思い出すだけで叫びだしたくなるような記憶を、ジョン・ファンテは山ほど抱えていた。それは罪だった、取り返しのつかない罪だった。かかる邪悪な渦に巻きこまれているあいだ、どこかの時点で、罪の種が撒かれたのだろう。そして今、悪意に満ちた麦の穂を、刈り取るべきときがやってきたのだ。

僕はサンドイッチを持って二階に上がった。ジョイスはサンドイッチを待ちわびていた。枕の海に浮かびつつ、ジョイスは皿を受け取るために手を伸ばした。僕はもう、耐えられなかった。一階に降り、電話機をキッチンに移動させ、扉を閉め、スタンリー先生の番号をダイヤルした。先生は病院にいた。分娩を待っているところだった。

「すぐに先生に会いたいんです」

「ジョイスになにかありましたか?」

「妻は元気です。問題は僕です。そして赤ん坊です」

「あなたの問題?」

「すぐに行きます。とても大切なことなんです」

僕はまた二階に上がった。ジョイスはすでにサンドイッチを平らげていた。大の字になって横たわり、小山をまじまじと見つめていた。

「美しいわ」ジョイスは言った「なにもかもが美しいわ」

ジョイスはすぐに眠ってしまった。僕は服を着替え、忍び足で階段を降り、裏口のドアからガレージに出た。あと一五分で午前三時だった。道路はからっぽだった。薄気味の悪い、どこか狂気じみた静けさが、大都市をすっぽりと包みこんでいた。一〇分後、僕はセント・ジェームズ病院の前に車を停めた。受付係によると、スタンリー先生は一二階にいるということだった。先生は数えきれないほどの分娩を担当していた。だから産科病棟には、先生専用の仮眠室が用意されていた。部屋のドアは開け放しにしてあった。先生は上着を脱いだ格好で、ソファーベッドに横になっていた。僕が軽くドアをノックすると、先生はすぐさま立ち上がった。スタンリー先生は赤ん坊のような顔をした小柄の男性だった。つぶらな瞳に、いつも驚嘆を湛えていた。

「あなたも妊娠されましたか?」

これは冗談ではないのだと僕は言った。

「ふむ。それで?」

「僕には自分が、ひどく病んだ男に思えるのです」

「わたしにはあなたが、ひどく健康な男に見えますがね」

「話を聞いてください。笑い事じゃありませんから」

「聞きますとも。さぁ、こちらにどうぞ」

僕はソファーベッドに力なく腰を下ろし、煙草を探してポケットのなかをまさぐった。「僕たちの赤ん坊に、恐ろしい問題が起きたようです」

「電話では、あなたの問題だと伺いましたよ」

「だから、それをこれから話します。僕の抱える不具合が、僕の病気が、赤ん坊に関係しているんです」

「なんの病気ですか？」

僕には言えなかった。僕はそれを口にしたくなかった。

先生は言った「最後に梅毒検査を受けたのはいつですか？」

一年ほど前だと僕は答えた。

「だけど先生、あの検査は万能じゃありません。雑誌にそう書いてありました」

「不貞を働いたんですね？」

「そうなんです。いや、つまり、違うんです。僕が言いたいのは、結婚する前のことです。僕には恋人がいました。つまり、何人かいました。だから先生、要するに、僕は不安なんです」

「子供に問題があると思ったのはどうしてですか？」

「感触です」

「感触？　どんな？」

「僕はジョイスの腹に手を置きました」

「それで？」

「僕は奇妙な感触に気づきました」

「どんな感触ですか？」

「医学雑誌にそういう記事がありました、先生。梅毒検査は万能というわけではないんです」

「どんな感触ですか？」

僕は突然、この面会を打ち切りたくなった。僕は突然、自分は愚か者であり、赤ん坊は元気であり、頭はひとつであることを理解した。なにもかも、僕の罪の意識が原因だった。いまだに消化されていない、罪の意識の巨大な塊が、僕に幻想を見せたのだった。午前三時半、僕はセント・ジェームズ病院の一二階にいた。産科病棟でスタンリー先生と面会していた。あまりにもばかげていた。僕は病院から出ていきたかった。車に戻り、家に帰り、ベッドに入り、頭に毛布をひっかぶり、明るく爽やかな朝を迎えたかった。そんな願いとは裏腹に、僕は医者の前にいた。先生は疲れはて、僕のたわ言に困惑していた。行儀よく別れの挨拶を告げるほか、僕に残された道はなかった。

「スタンリー先生、どうやら僕は、重大な過ちを犯したようです」

「あなたはジョイスの腹を触った、すると奇妙な感触に気がついた。それはどんな感触ですか？　どうぞ、説明してください」

答えはひとつ、頭がふたつ。こんなことを口にするくらいなら、僕はむしろ窓から身投げしたかった。

「すみません、先生。僕が間違っていました。なにか変だなと思っただけです。お騒がせして申し訳ありません」

僕は後ずさりし、部屋から出ていこうとした。ところが医師は僕を引きとめ、壁についたブザーを鳴らした。すぐに看護婦がやってきた。ジャケットを脱いでシャツの袖をまくるよう、スタンリー先生は僕に指示した。僕を安心させるためだった。僕の心から、あらゆる疑念を取り除くためだった。

「ばかげてますよ、先生。僕の血にはなんの問題もありません。ぜったいに、どこも悪くありませんから」

先生は僕の腕にゴム管を巻いた。やがて血管が浮き出てきた。僕は針の痛みを感じた。注射器のなかに僕の血が吸いこまれていった。

「明日の晩に、また来てください」先生は言った「いつでもけっこうです。ここに来ていただければ、検査結果をお伝えします」

僕はシャツの袖を戻し、ジャケットを着た。

「くだらないですよ、先生。僕はどこも悪くないんです」

「お帰りください。ゆっくりお休みになってください」

家までの帰り道は静かだった。車を運転しているあいだ、僕はほかの女性たち、かわいいアヴィスや愛しいモニカのことを考えていた。僕は急にさみしくなった。何年も昔の物語を思い返して、僕はひどくさみしくなった。彼女たちはとてもきれいだった。とても優しかった。彼女たちの体は見事だった。妊娠のために膨らんではいなかった。僕は今、彼女たちを切望していた。蠱惑的で感傷的な欲望が胸を満たした。僕は彼女たちを永遠に失った。もう二度と、彼女たちを自分のものにはできなかった。そのことを理解したとき、僕は思わず泣きそうになった。これこそが結婚だった。墓場であり、不快きわまりない牢獄だった。男はそこで、善良かつ上品かつ健全であろうという強力な欲望に衝き動かされ、午前三時に道化を演じるところまで堕ちていくのだ。得られる報酬は子供だけだった。感謝の念もなにもない雛鳥だった。今から目に見えるようだった。子供たちが道端で、老いた僕を蹴飛ばしている。僕にひとり暮らしをさせるため、勝手に老齢年金の書類にサインして僕を厄介払いする。僕は家を追い出され、僕の手足は老いのために震えている。その老人は、子供たちが生の味わいを存分に満喫できるよう、人生のもっとも貴重な時間をまっとうな苦役に捧げてきたのに。これが男の末路だった。これが僕への報酬だった！

次の日の晩、血液検査の結果を聞くために、僕はまた病院に行った。早く帰りたかった。スタンリー先生は分娩を診ている最中だった。父親向けの待合室で待っているよう、看護婦が僕に告げた。そこには二人の父親がいた。一人は皮のソファで眠っていて、もう一人は雑誌を読んでいた。僕は煙草に火をつけ、部屋のなかを行ったり来たりした。ばかげた状況だった。ここは僕のいるべき場所ではなかった。今はまだ、この部屋は僕になんの関係もなかった。それなのに僕はここにいて、赤ん坊を待つ父親のような振りをしている。雑誌を読んでいた男は僕のことを、同じ運命を共有する同志だと思っていた。

「奥さんの具合はどうです？」彼が僕に訊いてきた。

「快調ですよ。そちらは？」

「良くありませんね」

赤く充血した目が、細長い傷口のようだった。顔全体が心痛の色に染まっていた。髪は長くてぼさぼさだった。「分娩室に入ってから、もう三〇時間になります」

「それはお気の毒に」

「おそらく、帝王切開になるでしょう」

ここは僕のいるべき場所ではなかった。命が生まれ、女が苦しみ、男が思い悩むこの場所を、僕は冒瀆していた。ここにいる人たちはほんとうの問題を抱えていた。ところが僕は、自身の愚行の被害者でしかなかった。じきに看護婦が部屋にやってきた。

「ファンテさん……」

帝王切開の父親が僕の手を握った。もうひとりの男性も立ち上がり、僕に手を差し出してきた。「幸運を祈ります」二人はそう言って僕のことを送り出した。僕は礼を言い、看護婦のあとについていった。しばらく廊下を進むと、スタンリー先生の待つ小さな診察室にたどりついた。先生は一枚の紙切れを手にしていた。

「どこも悪くありませんでしたよ」

「はじめから分かっていました」

先生は軽く笑った。

「昨日はどんな夕食でした？」

僕は先生に夕食の内容を伝えた。スパゲッティ、ミートボール、サラダ、ワイン、アイスクリーム。

「先生、どうしてですか？」

「コレステロールですよ。だいぶ高めでしたね。でも、夕食のメニューを聞いて納得しました」

「コレステロール！　そんな、先生！　雑誌にコレステロールの記事がありました。コレステロールは危険です。動脈硬化を引き起こし、心臓発作の原因になります。『ヒュギエイア』にそう書いてあったんです」

「心臓に問題があるんですか?」

「今はまだありません、でも……」

「なら、忘れてください」

「コレステロール！　そんな、まさか、この僕が、よりによって」

医療関連の記事を読むのはやめて、なにもかも忘れるようにと先生は僕に勧めた。けれど僕は忘れられなかった、前後不覚に廊下を進み、エレベーターのボタンを手探りで捜し、手のひらから汗が吹き出し、エレベーターで階下に降り、胃のなかで泡が沸き立ち、コレステロール、心臓発作、卒倒した作家は突然の発作で命を落とし、駐車場を進み、自分の車に乗りこんで、ハンドルの前に坐り、脈を調べ、腕時計で脈拍を数え、ジョン・ファンテ、突然に天に召され、キャリアは絶たれ、一分間に七二回、神よ、コレステロール！　コレステロールについて調べようと僕は決めた。より綿密な研究を重ね、この恐るべき物質について詳細に検討しよう。

僕が家に帰ったとき、ジョイスはすでに眠っていた。もう真夜中だった。僕は明かりをつけたままベッドに入った。ずっと脈拍を計っていた。痛ましい夜だった。僕が眠りに落ちたのは、日が昇ったあとだった。僕は正午に目を覚ました。良い気分だった。

ジョイスは自分の部屋で手紙を書いていた。

「よく眠れた?」

「ちっとも」ジョイスが言った「夜通し寝られなかったわ」

「これからは、スパゲッティを食べるのはやめよう。コレステロールがたくさん含まれているから」

「あら、そうなの？」

「グリーンサラダと人参を食べよう。健康のために、採れたての新鮮な野菜を選ぼう」

僕は洗面所に行って脈拍を計測した。六八回だった。昨日より四回少なかった。遅い脈は速い脈より好ましかった。それは確かだった。いくつかの雑誌にそう書いてあった。


三月十八日午前九時二七分、妊娠八ヵ月目のジョイス・ファンテは、キッチンの床を突き破って落下した。妊娠してから、ジョイスの体重は二五ポンド近くも増加し、この時期には一四四ポンドを超えるまでになっていた。その重量と、床の木材の状況とが相俟って、戦慄すべき結末が到来した。裂け目のできたリノリウムの下で、白蟻に食い荒らされた床板が崩れ落ち、妊婦は三フィート下の地面へ大きな音を立てて沈没した。

僕はそのとき、二階のバスタブのなかにいた。惨事の前後の光景を、僕は今でもすみずみまで覚えている。穏やかな、気持ちの良い朝だった。目に映るすべてが、黄金色の陽光を浴びて輝いていた。浴室は静寂に包まれていた。ふと、バスタブの湯から不可思議な気配が立ち昇ってきた。はるか遠くの存在を招き寄せる声だった。すると、どこかから、いたるところから、空気の振動が伝わってきた。不吉な前兆が核分裂物質となって、連鎖反応を引き起こしていた。その直後、僕はジョイスの悲鳴を聞いた。バーバラ・スタンウィックが強姦魔に襲われたときのような芝居がかった悲鳴だった。僕の背骨は、巨人の指につままれたみたいに直立した。

僕はバスタブから飛びだして、浴室のドアを開けた。ジョイスの悲鳴が階下から聞こえた。なにより先に、僕は子供のことを考えた。かけがえのない白いメロンのことを考えた。

「待ってろ、ジョイス。しっかりしろ。今すぐ行くから！」

僕の部屋には拳銃があった。けれど僕はあの瞬間、ジョイスのそばに行くことしか考えていなかった。僕は恐怖におののきながらも、裸で階段を駆け下りていった。自分はこれから死ぬのだろう。武器さえあれば生きられたかもしれないけれど、僕らはみんなで死ぬのだろう。階段を下りるあいだ、僕はそんなことを考えていた。

僕は最初、ジョイスがどこにいるのか分からなかった。それから、レンジの前にいるジョイスを見つけた。ジョイスは床下に落ちたばかりだった。きれいな穴にすっぽりとはまっていた。真っ二つに切断されて、小人になってしまったようだった。片手には一切れのハムを、もう片手にはフライパンを握っていた。体のあちこちに卵がくっついていた。あのときジョイスが感じていたのは、痛みよりも怒りだった。溶けたバターが髪から垂れて、ジョイスの涙と混ざり合っていた。肘から垂れる卵の黄身が、細い糸を引いていた。

「よかったら、ここから出してもらえる？」

僕はジョイスを引き上げた。ジョイスは驚くほど冷静だった。僕は床に視線を注いだ。

「これ、どうしたんだ？」

ジョイスは指で小山を探り、生命の安否を確かめてから、電話機のある部屋に行ってダイヤルを回した。「スタンリー先生に、すぐ来てほしいと伝えてください。緊急の用件ですから」ジョイスは電話を切り、階段を上がった。

「この床、なにがあったんだ?」

ジョイスは返事をしなかった。僕が二階に上がると、ジョイスはもうベッドに横になっていた。ジョイスの役に立とうとして、僕はむなしくベッドのまわりを行き来した。ジョイスの顔色は真っ青だった。けれど、取り乱した様子は少しもなかった。やがてジョイスは瞳を閉ざした。僕は恐ろしくなってジョイスの体を揺さぶった。

「おい、大丈夫か?」

「たぶんね」

ジョイスはまた瞳を閉じた。僕はまた恐ろしくなった。一階に駆け下りて、ジョイスのためにブランデーを用意した。ジョイスは一滴も飲もうとしなかった。僕はジョイスに、目を閉じないでくれと嘆願した。

「休んでいるだけ」

「目を閉じたらまずいと思うんだ」

「先生が来てくれるまで、休んでいるだけだから」

二〇分後、スタンリー先生がやってきた。僕は先生を二階に案内した。診察の結果、ジョイスにも子供にも落下の影響はないと分かった。先生は聴診器を外した。僕は先生といっしょに階下の玄関に向かった。一連の経緯について、男ふたりで、腹を割って話したほうがいいように僕は思った。

「先生、なにか僕にできることはあるでしょうか?」

「いいえ、なにも」

先生の瞳には冷ややかなきらめきが宿っていた。僕らの相手をすることに、いい加減嫌気が差しているようだった。僕らは先生の時間を奪いすぎていた。

僕はキッチンに戻り、床の穴の前に立った。黴《かび》と白蟻が床の木材を食い荒らしていた。木材は手のなかで、柔らかなパンのように砕け散った。僕は流しの前に行って、かかとを床に叩きつけた。一撃で床に穴が開いた。見たところ、床全体が腐っているようだった。僕は次に壁を調べた。ふだん朝食を取っているスペースの壁を、拳で殴りつけてみた。スポンジのように柔らかな漆喰と木材に、僕の拳がめりこんでいった。天井を調べるために、僕は朝食用のテーブルの上に乗った。けれど僕の体重のせいで、テーブルの脚が床下に沈んだ。僕はダイニングルームに移動した。淡い緑色に塗られたばかりの、一点の染みもない壁の前に立った。僕は拳を振り上げた。すると僕の内側から、激しい吐き気がこみあげてきた。僕は壁を殴るのが怖くなった。

わが家よ! いったいなぜ、かかる事態がジョン・ファンテに降りかかったのだろう? もしや僕は、なにか星の運行をかき乱すような真似を仕出かしたのか? 僕はジョイスの穴の前に取って返し、床下をじっと見つめた。腐った木材の破片を拾い上げた。僕はそこにあいつらを発見した。すでに死んだ木のなかを、僕の家の木のなかを、白く小さな獣たちがよたよたと歩いていた。僕は一匹を指でつまんだ。白く小さなその足が、むなしく宙を蹴っていた。それは白蟻だった、非道なる獣だった。僕はそいつを殺した。この僕が、あらゆる生命を尊重してきたこの僕が! けれど今、僕は白蟻の息の根をとめなければならなかった。奴とその仲間たちは、僕の家にそれだけのことをしたのだから。それは僕が生まれてはじめて殺した白蟻だった。僕は何年ものあいだ白蟻を重んじ、好奇と感嘆に満ちた眼差しを白蟻に注いできた。僕は「生き、生かしめよ」の哲学の信奉者だった。その報酬がこれだった。この忌まわしき裏切りだった。察するに、僕はどこかで思い違いを犯したのだ。僕はどこかで昆虫との関係性を見直すべきだった。事実の圧倒的な現実性を考慮に入れるべきだった。だから僕はすぐさまあいつらを殺しはじめた。木材を叩きわり、あいつらをひねりつぶした。僕の指のあいだで恐慌に駆られているあいつらを、小さく悪辣なその生命を、僕はぺしゃんこにしてやった。

僕らにその家を売った不動産業者はJ・W・ランドールという男だった。細身で洒落者の元カウボーイだった。ランドールは家に来て、床の損傷を検分した。柔らかくなった木を指で砕いたり、手の甲の長い毛に群がる白蟻を払い落としたりしていた。

「ランドールさん、あなたは僕たちを騙しましたね。僕はあなたを訴えるつもりです」

「わたしを訴えても仕方ありませんよ」

「仲介したのはあなたでしょう」

「スミスに言ってください。訴えるならスミスです」

スミスは白蟻の検査をした男だった。

「ジョイス、聞いたか？　僕らの相手はスミスだ。スミスを法廷に引きずり出そう」

ジョイスは言った「ランドールさん、あなたは卑劣漢です」

ランドールは立ち上がり背筋を伸ばした。

「奥さん、あなた、なんと仰いましたか?」

ジョイスは別の部屋に行ってしまった。ランドールは気分を害し、怒りに震えていた。なにも言わずに僕らの家から出ていった。僕は彼を追いかけた。ランドールは車に乗りこんだ。不機嫌そうに、鼻から勢いよく息を吐きだしていた。

「俺は三十年前からこの仕事をやってるんだぞ。くたばりやがれ、畜生! 俺がウィルシャー大通りを作ったんだぞ! その俺が、こともあろうに卑劣漢だと?」

「妻は混乱してるんです、ランドールさん。体があいう状況ですから」

「若者よ、ひとつ助言を与えておこう。わたしには孫がいる。ぜんぶで四人の孫がいる。あの若いご婦人を、せいぜい落ちつかせてやることだ。妊婦の脳みそは清らかでないといけないからな。青少年の犯罪がこんなに多いのも無理はない。用心しなさい、若者よ。わたしはこの手の問題には詳しいんだ」

「それで、スミスは?」

「訴えなさい」

スミスは見つからなかった。スミスの仕事場を訪ねてみると、そこはガレージになっていた。以前はその場所に、壁を漆喰で塗装した掘っ立て小屋が建っていた。テンプル・ストリートの木工所の裏手だった。スミスの会社は「マーダー有限会社」という名前だった。スミスは消えた。スミスはアンゼリカが大好物だということ以外、彼について誰も何も知らなかった。僕は弁護士に相談した。公判にこぎつけるまで二年はかかるだろうと弁護士は言った。そもそも、スミスの居場所が分からないなら訴訟は起こせなかった。工務店の担当者が家に来て、修理費用の見積もりを僕らに伝えた。四〇〇〇ドルだった。

ジョイスは言った「それだけあれば、赤ん坊が十人産めるわ」

四〇〇〇ドル！　それは心臓に突き立てられたナイフだった。僕は傷つき、打ちのめされ、ふらふらとキッチンに向かった。もっとも損傷がひどいのはキッチンだった。僕は四つん這いになり、流しの周辺を事細かに点検した。音が聞こえた。僕は床に耳を当てた。ほんの数センチ先から、たしかに聞こえた。忌まわしき獣たちが、僕の木を貪っている。数千もの小さな顎がリズミカルに上下して、ジョン・ファンテの血と肉を食らっている。

突如として、自分の為すべきことを僕は悟った。その考えは冷や水のように僕を濡らした。嵐が過ぎ、雲が晴れていくようだった。僕の視界に、彼の姿が陽光のごとく浮かびあがった。カリフォルニアでもっとも偉大なれんが積み工、すべての大工のなかでもっとも崇高なあの男が！　父さん！　僕の血と肉である、わが親愛なるニック・ファンテ。僕は階段の方へ駆けてゆき、下からジョイスに呼びかけた。

「僕らはなんて間抜けなんだ！　悩むことなんてなかったのに！」

「どうして？」

「父さんだよ！」

「すごい！」

ジョイスは急ぎ足で階段を下りてきた。僕たちは階段の脇で抱擁を交わした。ジョイスは父さんのことが大好きだったし、父さんは父さんでジョイスに心酔していた。

「父さんならただでやってくれるよ。何千ドルも節約できるぞ」

けれどジョイスは物思いに沈み、真剣な顔つきになった。

「ひとつ約束してもらえる?」

「もちろん」

「わたしたちの子供を育てるとき、ぜったいにお義父さんの子育ては参考にしないで」

「父さんは良い父親だったよ。荒っぽいけど、ちゃんとした父親だよ」

「お義父さんは一度、あなたの素肌を鏝《こて》で殴りつけたことがあるでしょう? あなたの妹さんがそう言ってたの」

「あれは僕が悪いんだよ。父さんのコンクリートミキサーを売って、自転車を買ったからね」

「あなたはぜったい、子供に暴力を振るわないで。暴力に意味がないことは証明されているの。それは子供の尊厳を拒絶するのと変わらないのよ」

「父さんが拒絶したのは自転車だよ。それに、コンクリートミキサーは一台しかなかったしさ」

「あなた、『狼の子供と人間の子供』は読んだ?」

それはゲゼルの本だった。僕は読んでいなかった。

「父親になるなら読まないとだめ。基礎文献よ」

「北に行くあいだに読んでおくよ」

2

母さんと父さんは、州議事堂から十二マイルほど南に下った、サクラメント・バレーのサンフワンに住んでいた。仕事からは引退し、のどかな年金生活を送っていた。これまで二人が生きてきたうちで、もっとも平穏な時間だった。二人の住む家はセコイアの木材からできていた。部屋はぜんぶで四つあり、イチジクの大木が裏庭に日陰を作っている。庭の一画にある囲いのなかで、十二羽の雌鶏が放し飼いにされていた。囲いのそばには、裏庭の柵を脅かすようにして、何本かのブドウの木が立っていた。鶏たちは、枝から落ちてきたイチジクや、甘美なブドウの実をついばんで、腹をいっぱいに満たしている。雌鶏たちの産む卵はとても大きく、手のひらに載せるとほんのり温かかった。愛おしそうに卵を見つめる母さんの表情には、皮肉とも取れる郷愁の念が滲んでいた。今となっては懐かしい、卵よりも子供の数の方が多かったあの頃……

イチジクの木の根元に置かれた樽の上では、父さんの四匹の猫が眠っていた。どの猫もでっぷりと太っていて、古代エジプトの神々のような輝きを放っていた。牛の心臓、子牛の脳みそ、それにミルクをたっぷり与えられているおかげだった。この四匹の猫たちは、四人の子供たちの代わりだった。まだ子供たちが小さかったころ、父さんはいつも仕事が足りなくて苦労していた。父さんの稼ぎでは、子供たちに牛の心臓、子牛の脳みそ、それにミルクをたっぷり与えてやることなど、どだい無理な相談だった。やがて、成長した子供たちはサクラメント・バレーから去っていった。子供たちは新しい土地で、結婚したり、視力を低下させたり、口のなかに義歯を植えたりしていた。

父さんと母さんの生活は、うららかな孤独に包まれていた。『サクラメント・ビー』を読み、ラジオを聴き、卵を拾い、緑の大きなイチジクの葉を熊手で集めるのが、六十代後半を迎えた二人の日課だった。父さんと母さんにとって、郵便配達の時間は特別な意味を持っていた。遠い昔は、請求書を運んでくる配達夫が恐ろしかった。けれどもう、そうした心配をすることもない。代わりに二人は、家を出た子供たちからの、めったに届かない手紙を心待ちにしていた。

僕の妹のステッラは、わざわざ手紙を書く必要もなかった。ステッラとその夫は、サンフワンの郊外にある農園に暮らしていた。ズッキーニ、トマト、桃、オレンジ、それにバターを籠に詰め、ステッラは週に二度もサンフワンの両親のもとを訪れていた。

ステッラはいつも、二人の小さな娘を連れてきた。日差しの強い午後、父さんは孫娘といっしょにイチジクの木陰に腰かけ、よく冷えたワインをこっそり味見させてやったり、昔話を聞かせてやったりした。そのあいだも、カルメル山の聖母に向かって、どうして自分には孫息子がいないのですかと問いかけていた。父さんは六十七歳だった。彼の三人の息子と結婚した、イタリア系でないお嬢さんたちを敬愛してはいたけれど、やはり一抹の疑念は残った。息子の嫁たちは子づくりに臨むにあたって、なにがしかのペテンを用いているのではあるまいか。とはいえ、それがいかなるペテンであるのか、もちろん父さんには見当もつかなかった。

週に一度、フォードのトラックに乗ったジョー・ムートが、一ガロン当たり五〇セントの赤ワインを届けに父さんの家へやってきた。ジョーはたいてい、四人の孫息子を同伴させていた。四人とも瞳が黒く、ジョーにそっくりの顔つきをしていた。父さんはいつもこの少年たちを睨みつけた。なぜなら彼らは、父さんの孫息子ではなかったから。

孫息子のいない人生など、人生とは呼べなかった。イチジクの木陰に腰かけた父さんは、赤ワインの入った水差しを傾けつつ、冷たいワインに唇を湿らして、くよくよ考えこんでいた。配達夫がやってくるのは午後遅くだった。その時間、母さんは郵便受けの近くにいた。あたりの雑草を引き抜くのに忙しいような振りをしながら、息子たちの手紙を待ち受けていた。手紙がないと分かると、母さんはもう一本か二本の草を抜き、サクラメントの方角を不安そうに見つめた。家のなかに戻る途中、関節炎のせいで足が痛み、ずっと顔をしかめていた。来る日も来る日も、父さんの眼前で同じ光景が繰り返された。ついに父さんは辛抱を切らした。

「ペンとインクを持ってこい!」

母さんは言われたとおり、板と文具を家から持ち出し、イチジクの下の樽に置いた。そして、三人の息子へ宛てられた父さんの新しい手紙を書きとるべく、樽の傍らに身を落ちつけた。一通はシアトルに、もう一通はスーザンビルに、最後の一通は南カリフォルニアに宛てた手紙だった。母さんはこうした手紙を、一度も投函したことがなかった。これはあくまで、父さんを宥めるための、母さんなりの心遣いだった。手紙の口述は、父さんに大いなる満足をもたらした。乾いた音を立てるイチジクの葉の上を、父さんは前へ後ろへ歩きまわった。そうかと思うと、急にその場に立ちどまり、赤ワインを思案深げにぐいと呷《あお》った。母さんがペンを走らせる音を聞くうち、父さんの気の昂りは次第に鎮まっていった。

「三人全員に送るんだ。きれいに書けよ。俺が言ったとおりに書け。一言も変えるんじゃないぞ」

母さんはペンをインクに浸した。樽に膝を押しつけて、窮屈な姿勢のまま木箱に腰かけている。

息子たちへ

母さんは元気だ。俺も元気だ。俺たちにはもう、お前たち息子は必要ない。だから楽しめ、笑え、遊べ。お前たちの父親のことはもう忘れろ。だが、母さんのことは忘れるな。父親のことは心配するな。問題は母さんだ。お前たちの父親は、お前たちに靴を買い、お前たちを学校に行かせるために、必死になって働いた。なにも後悔していない。なにひとつ望んでいない。だから楽しめ、息子よ、笑え、遊べ。だが、たまには母さんのことを思い出せ。母さんに手紙を書け。父親には手紙を書くな。手紙なんて必要ない。だが、息子よ、お前たちの母さんはもう歳だ。歳を取るとはどういうことか、お前たちも知っているだろう。だからお前たちは、若いうちに楽しめ。笑え、遊べ、たまに母さんのことを思い出せ。父親のことはどうでもいい。お前たちの助けなど必要ない。だが、母さんはさみしいんだ。楽しめ。笑え、遊べ。

心をこめて　ニック・ファンテ

母さんが書き終えるのを見届けた父さんは、水差しからワインを啜り、唇を鳴らし、最後にこう付け足した「航空便で送っておけ」

僕はバーバンクで飛行機に乗り、サクラメントからはバスを使った。サンフワンに到着したのは昼ごろだった。僕の両親は町外れに暮らしていた。最後の街灯から一〇〇フィートも先にある、歩道の途切れた界隈だった。僕は家を目指して歩いた。古い板塀の向こうに、父さんの姿が見えた。父さんはイチジクの木の下にいた。樽の上に製図版が広げられ、そのまわりに鉛筆や、定規や、T型定規が散乱していた。猫たちはぶらんこの上で眠っていた。互いの体を重ね合い、暑苦しく錯綜とした毛糸の塊を作っていた。

表門がきしる音を耳にして、父さんは振り返った。気怠そうに目を細め、透明な熱気の波打つ先を見きわめようとしていた。僕がこの家を訪れるのは六ヵ月ぶりだった。前より目が見えづらくなってきた点を除けば、父さんは健康そのものだった。分厚い手にはれんがのごとき量感が備わり、日に焼けた首は下水管と見まごうほど立派だった。僕は父さんに近づいていった。僕らの距離が五〇フィートくらいまで縮まったとき、ようやっと父さんは、目の前にいるのが自分の息子であると分かってくれた。僕はボストンバッグを地面に下ろし、父さんに手を差し出した。

「やぁ、父さん」

父さんの手はベルゼブブのそれに似ていた。長年にわたり痛めつけられ、節くれ立ち硬くなっていた。れんが積み工にふさわしいゴツゴツの手だった。父さんは僕の鞄に視線を落とした。

「なにが入ってるんだ？」

「着替えとか、そういうもの」

父さんは僕の全身を入念に眺めまわした。

「その服は新しいのか？」

「まぁ、それなりにね」

「いくらだ？」

僕は値段を告げた。

「高すぎるな」

父さんの胸の裡に感動が広がっていた。僕が家にやってきてとても嬉しいのに、それを悟らせまいとしていた。父さんの顎が小刻みに震えている。

「ピーマンの匂い、分かるか？　母さんがピーマンを炒めてるんだ」

それは裏口から伝わってきた。鼻孔をくすぐる芳香が川となって、庭へ流れ出していた。緑の新鮮なピーマンが、黄金色のオリーブオイルに熱されている香りだった。にんにくやローズマリーの匂いが、ピーマンの芳香をいっそう華やかなものにしていた。それらすべてが家の向こうの更地へ広がり、木蓮の華やかな香りや、ブドウの木の濃く鮮やかな香りと混ざり合っていた。

「良い匂いだね。父さん、元気だった？」

父さんは縮んでいた。年を追うごとに小さくなっていた。少なくとも僕にはそう思えた。僕たちは二人とも小柄だった。でも、ここ数年の父さんを見ていると、僕は自分が父さんよりも大きくなったように思えてならなかった。庭もやっぱり小さかった。イチジクの木を見て僕は驚いた。それは僕が思い描いていた高さに、およそ届いていなかった。

「赤ん坊は？　ちっちゃなバンビーノはどうしてる？」

「あと六週間てところかな」

「それで、ジョイスさんは？」父さんはジョイスを崇拝していた。けっしてジョイスを呼び捨てにしようとしなかった。

「元気にしてるよ」

「赤ん坊は上にいるか？」父さんはみぞおちのあたりを手で押さえた「それとも下か？」父さんの手が胃の方へ下がった。

「上だよ。だいぶ高いよ、父さん」

「よし、それなら男の子だ」

「どうだろうね」

「〈どうだろうね〉？　おい、どういう意味だ？」

「はっきりとは分からないよ」

「分かるとも。やるべきことをちゃんとやれば、赤ん坊は男の子だ」

父さんは顔をしかめ、僕の目をまっすぐに見つめた。

「卵をたらふく食うように言ったはずだ。お前、ちゃんと食べてたんだろうな？」

「卵は嫌いなんだよ、父さん」

父さんはため息をつき、頭を振った。

「俺が言ったことを覚えてるか？　卵を食え。たらふく食え。一日に三つか四つだ。でなきゃ、生まれてくるのは女の子だ」父さんは眉間にしわを寄せ、こうつけくわえた「お前は娘が欲しいのか？」

「僕は男の子がいいよ、父さん。でも、どっちにしたって、出てきたものを受け入れないと」

僕の言葉は父さんを不安にさせた。父さんはイチジクの葉の上を、前へ後ろへ歩きまわった。「お前の口の利き方が気に入らん。気に入らんぞ」

「でも、父さん……」

父さんは歩きつづけた。その場をぐるぐる回っていた。

「なにが〈でも〉だ。なにが〈父さん〉だ！　俺はお前に言ったはずだ、お前たちに言ったはずだ。ジムとトニーとお前だ。お前たち全員だ！　俺は言った。卵だ。山ほどの卵だ。あいつらを見ろ。二年前に結婚したジムは？　ゼロだ。三年前に結婚したトニーは？　ゼロだ。そしてお前だ。いったいお前はなにを生んだ？　ゼロだ」父さんは僕に近づいてきた。僕の顔のすぐそばに父さんの顔があった。赤ワインの蒸気をいっぱいに孕んだ父さんの吐息が、僕の顔に熱風のごとく吹きかかった。「牡蠣の話を覚えてるか？　お前はじゅうぶん金を稼いだ。今なら牡蠣もたらふく食える」

父さんが口述し、母さんが筆記し、タホ湖へ新婚旅行に来ていたジョイスと僕のもとに届いた一枚のポストカードのことを僕は思い出した。ポストカードは僕にたいし、週に二度は牡蠣を食べるようにと指示していた。精力をつけ、ジョイスに男の子を身ごもらせるためだった。けれど僕は牡蠣が嫌いだったので、ポストカードの指示に従わなかった。牡蠣に個人的な恨みがあるわけではなかった。僕はたんに、牡蠣の味が苦手だった。

「牡蠣ってどうも苦手でさ、父さん」

父さんはよろめいた。首を曲げ、顎を開き、ぶらんこに崩れ落ち、額を手でぬぐった。ぶらんこの上の猫たちが目を覚まし、ピンクの舌を出してあくびした。

「天にましますは聖母よ！　なら、ファンテの血統はこれで終わりだ」

「男の子だと思うよ、父さん」

「〈思う〉か！」父さんは僕を罵倒した。イタリア語の火花が散り、痛烈な輝きを放った。父さんは僕の足に唾を吐きかけ、ギャバジンのジャケットとモカシンのシューズという僕の出で立ちをせせら笑った。トスカネッリの吸いさしをシャツのポケットからつかみとり、口のなかへ押しこんだ。父さんは葉巻に火をつけ、マッチを放り捨てた。

「〈思う〉か！　誰がお前に〈思え〉と言った？　いいか、もう一度だけ言ってやる。牡蠣だ。卵だ。これは俺の生きた知恵だ。俺の経験にもとづく助言だ。お前は毎日、いったいなにを食ってるんだ？　キャンディか？　アイスクリームか？　作家だとさ！　はん！　疫病よりも不快な野郎だ」

間違いなく、この人こそ僕の父さんだった。父さんは少しも縮んでいなかった。イチジクの木はこれまでどおり大きかった。

「母さんに会いに行け」父さんの声には皮肉がこもっていた「母さんの生んだ息子がどれだけ立派に育ったか、報告に行け」

母さんにどうやって挨拶するか。これは実家を訪ねるとき、いつもいちばん頭を悩ませる問題だった。母さんは簡単に気絶する性質《たち》だった。訪問の間隔が三ヵ月以上も空いた場合、なおさらその傾向は強まった。三ヵ月以内なら、どうにか状況に対応できた。母さんの体は大きくゆらめき、今にも倒れそうになるけれど、僕らはぎりぎりのところで母さんを抱きとめることができた。一ヵ月ぶりの訪問であれば、ほとんど問題は起きなかった。母さんが少し泣き、そのあとはいつもどおり、質問の嵐が僕らを襲うだけだった。

けれど今回は六ヵ月ぶりだった。これまでの経験からして、いきなり声をかけるのは賢明なやり方とは言えなかった。僕が採用した方策は、まず忍び足で部屋に入り、後ろから母さんを抱きしめ、静かに自分の名前を告げたのち、母さんの膝が抜けるのを待つというものだった。それくらいしなければ、母さんは呼吸に支障をきたし、「あぁ、主よ！」とでも絶叫して、落下する石のように床に倒れこむに違いなかった。いったん床に倒れたが最後、母さんは体のあらゆる関節を巧妙に解きほぐし、水銀の塊みたいになるのだった。この状態の母さんを抱き起こすことは不可能だった。帰ってきた息子から、意味もなく顔を叩かれたり言葉をかけられたりしたあと、母さんは自分の力で立ち上がり、豪勢な晩餐を用意するためすぐに料理に取りかかる。母さんは気絶するのが大好きだった。いつも見事な手際でやってのけた。母さんに必要なのはきっかけだけだった。

母さんは死ぬのも好きだった。一年に一度か二度は死にかけていた。クリスマスの時期がくるたびに、母さんが死にかけているという電報が僕らに届いた。今度ばかりは本当かもしれないと思うと、電報を無視するわけにもいかなかった。僕たち息子は西海岸の各地からサンフワンへ向かい、母さんの枕元に駆けつけた。母さんは二、三時間ほど死んでいた。影の谷へ分け入っていくあいだ、カタカタと皿が触れ合うような音を喉から鳴らし、完全に白目をむき、僕らの名前を呼びつづけた。やがて母さんは唐突に回復し、死の床から這いだして、山と盛られたラヴィオリの夕食を準備するのだった。

僕はキッチンに入り、静かに母さんに近づいていった。母さんはレンジの前に、僕に背を向けた格好で立っていた。僕が何歩か進んだところで、母さんは僕の存在に気がついた。ゆっくり振り返る母さんの手には、へらが握られていた。母さんは不意に、吐き気のようなものに襲われたらしかった。母さんの霊魂が、肉体から遊離していった。エレベーターがコントロールを失い、急激な勢いで落下していく。すさまじく高い場所から身を投げる直前の、目眩に捉われる瞬間だった。母さんの目がぎょろつき、顔から血の気がさっと引いた。指に力が入らなくなり、へらが床に当たって音を立てた。

「ジョニー！　あぁ、主よ！」

僕は急いで前に飛びだし、母さんを腕のなかに受けとめた。母さんの白い髪が僕の肩に押しつけられ、母さんの腕が僕の首に巻きついた。とはいえ、母さんは意識を失ったのではなかった。心臓発作に似た症状だった。僕はそれを、調子の速い激しい喘ぎや、がたがた震える母さんの小さな体から読みとった。キッチンのテーブルに並べられた椅子のひとつに、僕は注意深く母さんを連れていった。母さんは天を仰ぎ、口を開け、勇敢にも微笑みを浮かべていた。力の抜けた左腕が、体のわきにだらりと垂れている。よくよく見ると、母さんはその腕を必死に持ち上げようとしていた。けれどあいにく、それだけの力が湧かないようだった。

「水。水を……お願い」

僕はコップに水をそそぎ、母さんの口元に持っていった。母さんはわずかに水を啜った。あまりにも遠くへ行き、あまりにも疲弊していた。彼岸まであと数歩だった。

「わたしの腕……なにも感じない……わたしの胸……痛い……わたしの息子……赤ん坊……もう、生きて会えそうにない……」

赤と白のチェック柄のオイルクロスの上に、母さんは顔を突っ伏した。僕は当然、母さんは元気であると確信していた。ところが、母さんの顔を優しく起こし、紫と灰に染まった母さんの頬を目にしたとき、今回は自分が間違えていたと僕は思い直した。僕は父さんに聞こえるように大声で叫んだ。

「医者を呼んで！　早く！」

これで母さんの力が回復した。母さんはゆっくり頭を上げた。

「大丈夫。軽い発作を起こしただけだから」

今度は僕の力が抜けた。ほっとして、急に激しい疲労を覚えた。僕はどさりと椅子に腰かけ、煙草を探してポケットのなかをまさぐった。指が思うとおり動かなかった。父さんが家に入ってきた。

「なんの騒ぎだ？」

母さんは元気に微笑んでいた。取り乱した僕を見て、母さんはたいそうご満悦だった。母さんはもう、僕の愛を疑っていなかった。母さんはまた、とても強くなった。

「なんでもないの。ほんとうに、なんでもないのよ」

母さんはたまらなく幸せだった。恋に落ちた少女のようだった。母さんは立ち上がり、僕が坐っているあたりにやってきた。腕に僕の頭を抱き、僕の髪を優しく撫でた。

「ジョニーは長旅で疲れてるわ。ワインを飲ませてあげて」

父さんと僕は、言葉も交わさずに理解し合った。耳では判別できない悪罵が、父さんの喉のなかでごろごろと音を立てた。父さんは冷蔵庫を開け、ワインのデキャンタを取り出した。食器棚からコップを出し、そこにワインをそそいだ。その傍らで、母さんが微笑んでいた。父さんは怒りをこめて母さんを睨みつけた。

「お前もたいがいにしとけ」

母さんは目を見開いた。緑の大きな瞳だった。

「わたし？」

「くだらないことで騒ぐんじゃない」

僕はワインを口に含んだ。それはじつに旨かった。このあたりの平野の、暖かな土壌から生まれたワインだった。冷蔵庫のなかの氷が、ワインをほどよく冷やしている。母さんは、自分のキッチンに僕がいることが嬉しかった。まっすぐに背筋を伸ばし、思い切り胸を張っていた。母さんは僕の手からコップを取り、ワインをぐいと飲み干した。それから、僕の姿をじっくり見つめた。

「素敵なシャツね。あなたが発つ前に、洗ってアイロンをかけておくわ」

ヤギの乳のチーズをかけたピーマン、塩をまぶしたリンゴ、それにパンとワインの昼食だった。母さんの舌は絶えずパタパタと舞っていた。罠から解放されて喜んでいる蛾のようだった。普段なら、父さんが母さんを黙らせているはずだった。けれど、久しぶりに帰ってきた息子のおかげで、食卓のルールはいくぶん緩やかになっていた。父さんはいつも、母さんのお喋りがほんの少しつづいただけで簡単に癇癪を起こした。そうして母さんは、礼節ある沈黙の繭《まゆ》へ閉じこもるのだった。ところがこの日は、僕と父さんが食べているあいだ、母さんはずっと喋ったりキッチンを歩きまわったりしていた。母さんの思考の欠片が、部屋のあちこちに浮遊していた。冷蔵庫の上に置かれた扇風機がうなりを上げて、左右に首を振りつづけていた。部屋を行き来する母さんを追いかけているみたいだった。驚きに呆けたような表情で、扇風機はじっと母さんを見つめていた。

母さんは言った。

前の冬は寒かったし湿気もあった。ステッラの子供たちは相変わらずかわいい。衣装棚の服が虫に食われている。だいぶ前に亡くなった母さんの姉のケイティの夢を見た。最近は鶏の餌代がすごく高くなった。僕の弟のジムは子供のころ泥を食べていた。母さんはときどき足に鋭い痛みを覚える。月の照る夜におむつを干すのは縁起が悪い。失せ物をしたときは聖アントニウスに祈りを捧げること。家の猫たちがカラスを殺していた。ベーコンは冷蔵庫にしまわないほうが良い。母さんは蛇が怖い。天井から雨漏りしている。郵便配達夫が新しくなった。母さんの母親は壊疽の毒がまわって死んだ。氷は胃に悪い。妊娠した女性はカエルやトカゲを見てはいけない。愛はお金より大切だ。母さんはさみしい。

母さんは僕の肩に両手を置いた。

「せめて週に一度、あなたが手紙を書いてくれたらね……」

母さんは三〇分間、息も切らずに喋りつづけた。父さんと僕はすべて聞き流した。それは僕ら二人にとって、耳を撫でるだけの持続低音だった。父さんと僕はピーマンを食べ終えた。父さんが僕のグラスにワインをそそいだ。

するとと母さんが言った「あなたはこの家で赤ん坊の種を植えたのよ。まさにここ、この家なの。あれは去年の八月八日の、晩の出来事だったわ」

ついに聞き逃すことのできない台詞が飛びだした。僕は食べる手をとめ、母さんに視線を向けた。そして僕は思い出した。たしかに、ジョイスと僕は去年の八月、サンフワンを訪れていた。僕たち二人は、母さんが日中を過ごしている居間を借り、ソファベッドでいっしょに眠った。僕はその夜のことをはっきり覚えていた。ソファベッドはかなり古く、軽く体を動かしただけでぎしぎしと音が鳴った。だから僕たちは、この家では何もしないでおこうと決めた。あの夜に妊娠したわけがない。母さんは完全に間違っている。

「いいや、間違っちゃいないさ」父さんが言った。

「二人とも、どうしてそんなに自信があるの？」

母さんは微笑んだ。「だってわたし、あなたたちのベッドに塩を撒いたから」

父さんがにやりと笑った。

「そのとおり。ベッドには塩だ。俺がやれと言ったんだ」

僕は気が遠くなった。この人たちはあまりに信じやすく、なんでも自分たちの手柄にしてしまう性向があった。ベッドに塩が撒かれていた記憶はないと僕は言った。これが母さんを喜ばせた。

「それはそうよ。わたし、シーツの下に撒いたんだもの」

父さんがくすくす笑った。

「これで男の子が生まれるぞ」

「塩って」僕は言った「勘弁してよ、くだらない！」

「くだらないわけあるか」父さんが言った「お前、自分がどうやって生まれてきたか分かってるのか？」

「普通の仕方でだろ」

「違う。ベッドに塩だ。俺が自分で撒いたんだ」

ワインをつぎ足してもらうため、僕はコップを前に押した。

「迷信だよ。無知の産物だよ」

父さんはワインをついでくれなかった。

「俺のことを無知と言うな。俺はお前の父親だぞ」

「父さんのことを無知だと言ったんじゃないよ」

「父親には敬意を払え。ここはお前の父親の家だ。この家の主は俺だ」

父さんは憤慨し、早くも顔を真っ赤にしていた。ワインをつぐ手が震えていた。数滴のワインがテーブルに散った。ワインをこぼすのは縁起が悪い。そんなときは、飛び散った雫で十字を切ると、悪運を遠ざけることができる。これは母さんがやってくれた。

「お父さんの言うとおりよ」仲裁するように母さんが言った「あの夜は家にニンニクがなかったか

ら、お父さんは塩を使うことにしたの。お父さんが自分で考えたのよ」

「ニンニク?」緑の大きな瞳を僕は見つめた「なんでニンニク?」

「鍵穴に入れるためよ」

「そうすると赤ん坊ができるの?」

「ただの赤ん坊じゃないわ。男の子の赤ん坊よ」

僕は悪寒に身を震わせた。父さんは勝ち誇り、口元に嘲りの笑みを浮かべた。

「こいつを見ろ! 父親を無知と呼んどきながら、自分はなにも知らないんだ」

僕は黙ってワインを胃に流しこんだ。

「トニーとジムのときもそうだったのよ」母さんが言った。

「あいつらを妊娠したとき、鍵穴にニンニクを入れてたの?」

「二回ともな」父さんが言った。

「じゃあ、ステッラは?」

父さんの答えは聞かなくても分かった。

「ニンニクも塩もなしだ。なにもなしだ」

口論にならないよう、僕はそれ以上は言葉を返さなかった。父さんはもう一度、僕のコップにワインをそそいだ。

「俺は三年しか学校に行かなかった」父さんは厳《おごそ》かに言った「お前は自分が、たいそうな教育を受けたと思ってるだろう。ところがどうだ。高校を卒業して、二年も大学に通ったくせに、お前は今も子供のままだ。ぜんたいお前は、学校でなにを習ってきたんだ？」

僕は父さんが思っているほど無知ではなかった。子供のころから、僕はこの家でたくさんのことを学んできた。アブルッツォの祖先から連綿と伝わるたくさんの貴重な智慧を、僕はちゃんと身につけていた。けれど僕は、その智慧を使う機会をなかなか見つけられなかった。たとえば僕は、魔女の災厄を避ける手段を知っていた。それは房飾りのついたショールを身につけることだった。そうすると、襲ってきた魔女は房を数える作業に夢中になって、当人に危害をおよぼすのを忘れてしまうのだった。ほかにも僕は、禿げ頭に髪を生やすには雌牛の尿が効果てきめんであることを知っていた。ところが僕は、これまでこの教えを役立てる機会に恵まれなかった。僕はもちろん、はしかには赤いスカーフが、喉の痛みには黒いスカーフがよく効くことも知っていた。子供のころ、風邪を引いたときはかならず、祖母がレモンの一切れを手首に縛りつけてくれた。毎回それで熱が下がった。悪意のこもった目で見つめられると頭痛になることも僕は知っていた。激しい雨が降ったとき、祖母は僕にナイフを握らせ、家の外の地面に突き立ててくるように言った。そうすれば、僕らの家から雷を遠ざけることができるからだった。もしも窓を開けて寝たら、近隣の魔女がすべて家のなかに入ってくることを僕は知っていた。空気を入れ替えるためにどうしても窓を開けたまま寝たいときは、窓敷居に沿ってひとつまみの胡椒を撒いておくといいことを僕は知っていた。そうすれば、魔女はくしゃみをして退散するからだった。病気の友達を見舞ったあとに、自分もその病気にかからないようにするためには、友達の家の扉に唾を吐きかけるといいことも僕は知っていた。これらすべてと、そのほかたくさんの智慧を、僕は何年も前から知っていた。けっして忘れたことはなかった。この家の暮らしをとおして、僕は多くを学んできた。それでも、ニンニクと塩が夫婦の営みに影響を与えるとは初耳だった。おそらく父さんは正しかった。けっきょく僕は、たいして利口ではなかった。とはいえ、ジョイスが去年の八月に母さんのソファベッドで妊娠したという見解に、僕はなおも強い疑念を抱かずにいられなかった。

昼食が終わった。父さんは椅子から立ち上がった。

「帽子をかぶれ」

僕に帽子をかぶる習慣はなかった。父さんはただ単に、ついてこいと言いたいのだった。僕たちはポーチの階段を下りて通りに向かった。父さんは郵便受けのなかに手をつっこみ、葉巻の乾いた吸いさしを取り出した。火をつけると、風のない空気のなかに葉巻の煙がどんよりと立ち昇った。父さんはその煙を手で払った。空に熱気が満ちていた。雄大な空だった。青くて、広くて、限りがなかった。東の空では、シエラ・ネバダが誇らしげに頭をもたげていた。前の冬の雪がまだ頂きに残っていた。

家の前の通りにはひとけがなかった。十年前は、サンフワンは活気のある町だった。大きな缶詰工場があったし、ブドウの産地としても有名だった。あのころは、町の中心部のすぐ横を州道が通っていた。けれど戦争が始まると、州道のルートが変わった。幹線はサンフワンを迂回するようになり、町はゆっくりと息絶えていった。現在の州道は、桃やホップの畑の先を走っていた。六〇〇〇人の暮らす町が果樹園の向こうに存在することなど、幹線道路を車で通り過ぎていく観光客には知る由もなかった。

「どこに行くの?」

父さんは返事をせずに、通りを歩きはじめた。僕らは三軒の小さな家の前を通り過ぎた。その先にはもう家はなく、アスファルトで舗装された道が伸びるばかりだった。雑草が力ずくで、アスファルトにたくさんの割れ目をこしらえていた。通りの両脇にはブドウの木が立ち並び、南北に扇形に広がっていた。マスカットやトカイの品種が見渡すかぎりの土地に植えられ、緑の静かな海を形づくっていた。

「どこに行くの?」

父さんは少しだけ歩を速めた。やがて曲がり道にさしかかり、通りは下り坂になった。そこはジョー・ムートの土地だった。支柱の先端に白く印をつけてあるのが分かった。ムートのブドウ園のいちばん端のあたりだった。土地は手入れされておらず、オークやツツジが好き放題に生い茂っていた。かつてレモンの果樹園だったころの名残を、ほんのわずかにとどめていた。ここではすべてが野生のままに育っていた。三エーカーか四エーカーほどの広さだった。この土地に、ジョー・ムートはどういうわけか、一本のブドウも植えていなかった。葉巻を指に挟んだ手で、父さんはこの混沌とした緑の塊を指し示してみせた。

「そら、あそこだ」

父さんは藪をかき分けて進み、僕はそのあとについていった。手入れされていない土地の真ん中に、全体を見渡すことのできる小さな丘があった。父さんはそこで立ちどまり、大きく腕を広げた。

「そら、ここだ。これが俺の夢なんだ」

父さんはかがみこみ、野生の芥子《けし》をひとつかみ引き抜いた。茎も根もいっしょに抜けた。ねっとりした黒い土が、芥子の根にこびりついていた。父さんは根を握りしめた。温かく湿り気のある土が、父さんの手のなかでぺしゃんこになった。

「ここならなんでも育つ。土のなかにしっかり植えれば、ほうきの柄だって芽を出すぞ」

僕は父さんの意図を察した。

「父さん、この土地が欲しいの？　ここを買いたいってこと？」

「俺のためじゃない」父さんはにっと笑い、爪先で地面を蹴った。「ここは赤ん坊のための土地だ。ここで赤ん坊は生きていくんだ。まさしくここでな」父さんはまた土を蹴った。「これが俺の夢なんだ。お前と、ジョイスさんと、赤ん坊だ。俺と母さんはすぐそこに暮らしてる。ここは広いぞ。四エーカーはある。お前の土地だ。お前の子供たちの土地だ」

「でも、父さん……」

「〈でも〉じゃない。俺はお前の父親だ。なにが作家だ、くだらないことばかり書きやがって。お前、金はあるか？」

「まぁ、いくらかは稼いだよ、父さん」

「二〇〇〇ドルあるか？」

「あるよ」

「ここを買え。ジョー・ムートに話はつけてある。あいつは俺の同郷《パイザーノ》だ。この土地は俺にしか売らないとあいつは言ってる」

この人に、僕の父に、いったいなにを言えただろう？　働きづめの生活のせいで歪んでしまったその顔に、いったい何を言えただろう？　過ぎ行く歳月がかちこちに固めてしまった父さんの顔は、ようやく今、夢のおかげで柔らかくなりつつあった。父さんはその夢を、自らの足で踏みしめているところだった。そこには青い空と古いレモンの木があった。父さんの足元では背の高い雑草が、昔の愛を思い出すようにさわさわと鳴いていた。彼らはすでにそこにいた。父さんの孫たちはこの土地の息を吸い、この草むらで寝返りを打っていた。父さんの夢であるこの土地が、彼らの骨を育んでいた。

この人に、いったいなにを言えただろう？　すべて打ち明けたらどうなるのだろう？　僕はもう家を買っていた。秩序とも風紀とも無縁なロサンゼルスとかいう街で、ウィルシャー大通りのすぐそばで、五〇×一五〇フィートの区画で、家の木材が白蟻に食われていた。こんなことを父さんに話したら、大地が僕を飲みこむだろう、空が僕を押しつぶすだろう。

「少し考えさせてよ、父さん。なにができるか、検討してみるから」

「さて、お前にもうひとつ、面白いものを見せてやろう」

僕は父さんの後をついていった。父さんにどうやって伝えようか考えていた。ロサンゼルスの家のことを、もっと早くに知らせておくべきだった。購入する前に話しておくべきだった。僕はけっして、故意に隠し立てしたのではなかった。単純に、伝え忘れていただけだった。それ以上でもそれ以下でもなかった。

僕たちは家の方角に歩いていった。父さんの背中から喜びが伝わってきた。新しいぴかぴかの葉巻に火をつけたあと、父さんは僕をイチジクの木の下に案内した。樽の上に父さんの製図版が広げられていた。そこには家の設計図があった。父さんがジョー・ムートの土地に建てる予定の家だった。とても素晴らしい図面だった。それは石造りの家だった。石の費用は心配ない。ここからそう遠くない場所に、自由に石を採ってこられる平野があるから。この家には三つの暖炉があった。ひとつはキッチンに、もうひとつは居間に、最後のひとつは庭に設置されていた。奥行きのあるL字型をした、かわら屋根の平屋だった。

「千年たってもびくともしないぞ」父さんは言った「壁の厚さは一二インチだ。壁のなかには、鋼の繋ぎ材をたっぷり入れるからな」

「いいね、父さん」

「俺がただで建ててやる。お前は俺の仕事を手伝え。俺には自分の年金がある。そのほかには何もいらん」

「うん、いいね」

うん、うん、うん。父さんは石ひとつ、梁一本の説明も疎かにしなかった。葉巻を吸い、ワインを飲み、幸福の味を噛みしめていた。そのあいだ、僕はずっと「うん、うん」と言いつづけていた。やがて緑色のブドウ園の海から、午後の涼風が漂ってきた。ずっと話しつづけていた父さんは、心地よい疲労を覚えていた。父さんはデッサンを丸め、葉巻の火を消し、イチジクの木の股に吸いさしを寝かせた。それから、芝生の上のぶらんこに横になった。途方もなく偉大な平和が父さんの顔を照らしていた。この地上に、父さんよりも幸福な男はいなかった。もしこの瞬間に死んだなら、父さんはまっすぐに天国へ昇ったことだろう。

母さんはある特筆すべき美質を備えていた。どんな報せを告げられても、母さんはうろたえなかった。仮に、僕がキッチンに入っていって母さんに告げたとする「たった今、父さんの首を掻っ切ってきたよ」すると母さんはこう答える「まぁ、ひどい。それで、お父さんはどこ?」

母さんはテーブルの傍らに腰かけて、さやえんどうの皮を剥いていた。母親と話すのはじつに気楽だ。母親は、自分に理解できないことでもむりやり理解してしまうから。僕はキッチンの椅子に坐り、ロサンゼルスの家にかんするあらゆる事情を打ち明けた。母さんはいっさい小言を口にしなかった。ため息も舌打ちもせず、お前はこうすべきだったのにと忠告してくることもなかった。さやえんどうの皮を剥きながら、静かに僕の話に耳を傾けていた。自分がサンフワンにやってきた理由を、僕は母さんに説明した。自分はすでに家を持っていると父さんに告げることが、現状においてどれほど困難な営みであるか、僕は切々と訴えた。

「わたしが話しておきます。あなたは心配しなくていいわ」

でも僕は、母さんが父さんと話すあいだ、どこか遠くにいたかった。「しばらく散歩してくるよ」

「心配しないで」

僕は席を立ち、キッチンから出ていこうとした。母さんは僕を引きとめた。なにか気になることがあるらしかった。

「あなたとジョイス、アメリカ式に寝てるの?」母さんの質問を言い換えるなら、つまりはこういうことだった。あなたたち、別々の部屋で寝てるの?

「ジョイスが妊娠してるからね。今はアメリカ式に寝てるよ」

「信じられない、なんてこと。それじゃあ、赤ん坊が生まれてもあなたのことが分からないじゃないの」

「生まれてから分かってくれたらいいよ」

「イタリア式に寝なさい。あなたたちは赤ん坊を誤解してるわ。赤ん坊はお腹のなかでひとりぼっちなの。ひとりでずっと、さみしい時間を過ごしているのよ。父親が近くにいれば、赤ん坊も安心できるわ」


この件にかんして、母さんと議論する気にはなれなかった。「七時に戻るよ。父さんが目を覚ましたら、すぐにぜんぶ話しておいてね」

町の中心部までは五区画の距離だった。楡の並木道や空き地の景色は、昔のまま変わらなかった。僕の一家が、コロラドの雪と生活苦から逃れるためにサンフワンに越してきたのは、僕が十四歳のときだった。町へ向かう道すがら、僕は何度も昔なじみとすれ違った。みんな赤ん坊のことを知っていた。ここ数週間、父さんが行く先々で、ジョイスが妊娠したことを触れてまわっていたからだった。たくさんの知り合いが、玄関前のポーチから「おめでとう」と叫んでくれる。ジョイスの近況を訪ねてくる人も多かった。ジョイスはサンフワンの出身で、ジョイスの両親はこの町の墓に埋葬されている。知人たちは僕を呼びとめ、僕の手を握り、甘ったるい冗談を飛ばし、笑い声とともに去っていった。サンフワンの人びとにとって、男が父親になることは、人生におけるきわめて重大な局面のひとつだった。けれど僕には、さしたる感慨はなかった。ロサンゼルスの連中も、僕のために気を揉んでくれていた。ただし奴らは、妻と赤ん坊の心配をしているのではなく、僕が医療費を払えるかどうか気にしているのだった。ジョイスが妊娠したことを知ったとき、僕らの友人は喜ぶより先にショックを受けていた。

僕は二時間かそこら、あたりをぶらついていた。「トゥスカニー・クラブ」でビールを飲み、「シルヴァン・オークス」でリード・ウォーカーとビリヤードをした。高校時代にジョイスと付き合っていたリードは、今では郵便局長になっていた。この夕方に僕が会ったなかで、じきに生まれてくる赤ん坊のことを知らない人物はひとりもいなかった。ルー・シンでさえ知っていた。サンフワンのチャイナタウンに建ちならぶ、れんが造りの古ぼけたビルの一角に、ルー・シンは暮らしていた。ルーの香草屋の店先に腰かけて、僕とルーはチェスをした。何人ものルーの子供が、通りで賑やかに遊んでいた。七時になっても、あたりはまだ明るかった。「サンフワン・シアター」の看板に照明が灯った。

僕は急にジョイスの心が恋しくなった。ジョイスと離れているのがさみしかった。それは町のせいだった。この町の道々が、少女時代のジョイスの遊び場だった。そのことを知っていた僕は、あいまいな欲望に胸をわしづかみにされた。僕は公衆電話のボックスを見つけ、ジョイスに長距離電話をかけた。計画が失敗したから、できるだけ早く帰るつもりだと僕は伝えた。ジョイスは僕に、町の様子はどうかと尋ねてきた。

「母さんの家の裏庭にあった胡椒の木、覚えてる?」ジョイスが言った「まだあるかしら? もう切られてる?」僕はジョイスに、行って見てくると伝えた。

「わたしの最初の人形は、あの木の下に埋まっているの。ナイフの傷のせいで死んだの。インディアンに頭皮を剥がれたのよ」

「それは恐ろしい死に方だったね」

「あの子の頭はめちゃくちゃだったわ。犬にやられたの。わたし、ずっと涙がとまらなかった」

僕は電話を切ったあと、ジョイスが子供のころ暮らしていた場所に向け、リンカーン・ストリートを歩いていった。ジョイスの実家は何年も前に取り壊されていて、今ではその跡地は、ブルドーザーやスクレーパー、それに道路の補修器具の置き場として利用されていた。胡椒の木はまだそこにあった。僕は木の下に立ち、手のひらで幹に触れた。ひどく妻が恋しかった。蟻が数匹、樹皮の上を這っていた。僕は小さな赤蟻を二匹つまみ、口のなかに入れ、噛み、二匹とも飲みくだしてやった。それから僕は、母さんの待つ家に戻った。


父さんは家にいなかった。キッチンに用意された食卓には、三人分の食器が並べられていた。窓のそばの椅子に腰かけた母さんが、ロザリオの祈りを唱えていた。部屋は夕闇に沈んでいる。母さんは言葉を発さずに笑みを浮かべた。その表情が、すでに父さんには話しておいたと、僕に伝えていた。母さんの祈禱が終わるのを僕は待った。レンジの上で夕食が温められていた。レバーにベーコン、玉ねぎといっしょに炒めたさやえんどう、ほうれん草とチーズからなる夕食だった。僕はすべてを軽くつまみ、一杯だけワインを飲んで、母さんの言葉を待った。最後の祈りを終えた母さんは、十字架にキスをしてから、ロザリオをエプロンのポケットにしまった。

「なんて言ってた?」

「なにも。ひとことも喋らなかったわ。黙って家を出ていったの」

「どこにいるの？」

母さんは瞳を上に動かし、力なく頭を振った。父さんは町に出て、心痛をまぎらすために酒を飲んでいるのだった。

「無理もないよね、母さん」

「あの人は一〇ドルを持っていったわ」

「別にいいじゃないか」

「ブランデーを飲むでしょうね。一〇ドルをすべて使うでしょうね」

「良いことだよ。体には悪いだろうけど」

「あら、お父さんの体は心配ないわ。わたしはロザリオを唱えたから。お父さんは大丈夫。でも、一〇ドルはなくなるでしょうね」

僕は財布を取り出して、皺のない二〇ドル紙幣を五枚、母さんに手渡した。

「もらえないわ」母さんは言った「赤ん坊のために必要なお金だもの」母さんは札を折りたたみブラウスの内側に入れた。「もらってはいけないのに。わたし、どうしちゃったのかしら」この一〇〇ドルがどうなるのか、僕にはすっかりお見通しだった。僕が町を後にするなり、スーザンビルで苦しい生活を送っている弟のジムに宛てて、母さんは全額を航空便で送るのだろう。

母さんは僕の夕食を用意した。母さんの前には僕しかおらず、僕のすべてが母さんのものだった。

これから起きることを予感して、僕は思わず身構えた。当然のことのように、母さんは僕との距離を縮めてきた。あらゆる息子を当惑させる、母親に特有の近しさだった。母さんは僕のうしろに立ち、僕の髪に触れた。母さんは僕の耳を撫でた。母さんは僕の肩に両腕をかぶせ、手のひらで僕の胸をまさぐった。僕は食事をつづけながらも、母さんが手を動かすたびに、なんとか身を引き離そうとした。ついに母さんは僕の左手をつかみ、僕の指を撫でまわしはじめた。僕は丁寧に指を引っこめようとした。けれど母さんは僕の手を放さなかった。左手のすべての指に、母さんは順番にキスしていった。僕は母さんが気の毒でならなかった。母の熱情に身をやつしているすべての女性たちが、気の毒でならなかった。やがて母さんは、僕の首筋に小さな傷跡を見つけた。子供のころに、猫に引っ掻かれたときのものだった。この発見が、母さんの孤独を別の角度から照らした。母さんは寝室の長持ちのもとへ駆けていった。母さんの意図を僕は察した。母さんは、ビロードの台座の上で裸になって目を丸くしている、生後六ヵ月の僕の写真を探しているのだった。僕は跳ねるように立ちあがった。

「頼むよ、母さん。それはやめてよ」

母さんは写真をもとの場所に戻し、テーブルを片づけた。僕はワインを飲み、レンジの上に掛けてある時計を眺め、『サクラメント・ビー』を読んだ。母さんは夕食の残りをボウルに入れ、鶏たちが待つ囲いへ向かった。三つの卵を手に抱えて、母さんはすぐに戻ってきた。母さんはその中からひとつを選り抜き、キッチンにいる僕に差し出した。

「触ってみなさい。まだ温かいわ。雛のいる雌鶏から生まれたのよ」

僕は触りたくなかった。温かかろうが冷たかろうが、僕には関係のないことだった。

「触ってみなさい。温かくて、とっても気持ちいいわよ」

僕は触ろうとしなかった。ただそれを見つめていた。卵が楕円形の瞳となって、僕を見つめかえしてきた。真っ白で、物憂げで、頭の悪そうな瞳だった。

「卵は体にいいのよ。卵をたくさん食べなさい」

「分かったから。どこかにしまってよ」

そのまま時が過ぎていった。僕は何度も時計を眺めた。庭から足音が聞こえないかと、じっと耳を澄ましていた。両親に会えたのは良かったけれど、僕はもう帰りたかった。予約を取った飛行機は明日の便だった。僕は父さんのチケットも取ってあった。でも僕は、今夜のうちに帰ってしまおうと考えていた。僕の訪問は父さんに悲哀をもたらした。距離と時間が父さんの心を癒せるよう、すぐに帰ってしまうのがいちばんだった。

母さんはこの日の午後、僕の鞄の中身をすべて取り出していた。夕食を終えた今、母さんはふたたび内容物の検分に取りかかった。母さんはあらゆる品物の値段を知ろうとした。僕が持ってきた予備のスラックスは、夕食前に母さんの手で衣装棚にしまわれていた。母さんはそのスラックスをキッチンに持ってきて、テーブルの上に置いた。折り返し、尻の部分、ジッパーなどを、母さんは入念に点検した。スラックスの前身頃に食べ物の染みがついていた。母さんはこの汚れを見つけたとき悲鳴を上げた。

「ちょっと、ねぇ、これはなんの汚れなの?」

「心配しなくていいよ、母さん。放っておきなよ」

母さんはテーブルにスラックスを広げ大騒ぎした。布きれと石鹸と水を用意して、汚れをごしごしこすりはじめた。

「なんの汚れなのかしら?」

「頼むよ、母さん。放っておいてよ」

「なかなか落ちないわね」

母さんは奮闘をつづけた。僕は勢いをつけて立ち上がり、母さんからスラックスを奪いとった。

「クリーニングに出しておくよ」

「そんなことしたらお金がかかるわ」

「別にいいって」

「あなたの着るものは、ジョイスが面倒を見てるんじゃないの?」

「そうだよ、もちろん」

「クリーニングに出すなんて……それがアメリカ人のやり方よね」

僕は玄関を出て、月明かりに照らされたポーチに腰を下ろした。低い空に浮かぶ星が涼しげに輝いていた。三〇マイルほど東の空では、シエラ・ネバダの山頂の雪が、遠くてさみしい、星にも似た白い光を放っていた。緑と赤に点滅する旅客機が空を横切っていった。妻のいる家が恋しかったし、父さんのことが心配だった。もう十時だった。南カリフォルニア行きの便は、深夜十二時にサクラメントを発つ予定だった。僕は決めた。父さんを見つけ、家に連れもどしてから、十二時の飛行機で南に帰ろう。

そのとき、ヘッドライトで力なく前方を照らす車が、ばたばたと音を立てて近づいてきた。ジョー・ムートの旧式のフォードだった。運転しているのはジョー本人だった。車は家の前に停まった。僕は柵の方に歩いていき、ジョーと挨拶を交わした。

「親父さんのこと探してるか?」ジョーが言った。

「どこかで見かけた?」

「俺の土地にいるよ。ちょうど通りかかったんだ。あれは相当飲んでるな」

ジョーは僕をフォードに乗せ、来た道を引き返していった。午後に父さんと歩いたでこぼこ道を、上下に激しく揺られながら進んでいった。

「あのへんから親父さんの声が聞こえたんだ」ジョーが言った「だいぶまいってたみたいだぞ」

車は道を左折して、下り坂に入っていった。小さな丘をくだりきると、手入れのされていない区画にたどりついた。ジョーが車を停め、僕は地面に飛び降りた。月の光があたりをくまなく照らしている。交尾の相手を探すウシガエルやコオロギの声が、そこかしこから聞こえてきた。僕はすぐに父さんを見つけた。手にボトルを持って、古いレモンの木の下に坐っていた。僕に気づいたかもしれないけれど、こちらを見ようともしなかった。ジョー・ムートは運転席に残っていた。僕は雑草を踏み分けて前に進んだ。

父さんは独りで喋っていた。

「祖父さんのことは心配するな。連中が思うほど、祖父さんは老いぼれちゃいないんだ。ちびすけよ、お前は自分の家で大きくなれ。祖父さんは大丈夫だ。くたばるにはまだ早いさ。みんな年寄りを殺そうとする。だが、お前の祖父さんはまだまだ終わらん」

僕は痛みをこらえるために歯を食いしばった。

「父さん」

目の前に立つ僕を見上げ、父さんはボトルを茂みのなかに放り投げた。それから顔を木の幹に向け、苦しみのあまり泣きじゃくった。僕はそれ以上父さんに近づけなかった。ジョーが車から僕を呼び、もう大丈夫かと問いかけていた。僕は草むらを苦労して進み、車道へ引き返していった。

「もう平気だよ。父さんは僕が家に連れて帰る」

「親父さんと喧嘩したのか?」

「行ってくれ。喧嘩なんてしてないから。どうもありがとう」

ジョーは去っていった。僕は道端に坐りこみ、煙草に火をつけて父さんを待った。僕は途方に暮れていた。およそ二〇分後、父さんは雑草のあいだから姿を現わした。父さんには、僕がここで待っていることが分かっていた。僕を見ても父さんは驚かなかった。

「家に帰るぞ」父さんは言った。

酔いは醒めていた。通りに一歩を踏み出したとき、父さんは深いため息をついた。一言も口を利かずに、僕らは並んで歩いていった。暖かで心地の良い夜だった。北の空では州議事堂の巨大な丸屋根が、赤いもやに包まれながら黄金色に輝き、町の明かりから浮かびあがっていた。

「父さん、気分はどう?」

「俺か? もう慣れた。じきにお前は父親になる。三十五年、四十年もたてば、お前もすっかり老いぼれになる。今夜お前の父親が言ったことをよく覚えておけ。子供はつねに、お前の苦しみの原因になるからな」

「それはひどいね」

しばらくのあいだ、父さんはなにも言わなかった。家まであと少しだった。玄関の明かりがともされ、正面のポーチを照らしていた。ポーチには母さんがいた。肩にショールをかけて、僕たちの方を見つめていた。

「白蟻どもは、お前の家になにを仕出かしたんだ?」父さんが言った。

「それは……白蟻のやりそうなことだよ」

「買う前に、家を調べさせなかったのか?」

僕は事情を説明した。「父さん、来てもらえるかな? 家を直してほしいんだ。父さんの分も飛行機のチケットを買ってあるから」

「飛行機はごめんだ。ぜったいにごめんだ」

「父さん、来てくれるの? それなら電車でいっしょに行こう」

「電車ならいい。飛行機はごめんだ」

「よかった、父さん。最高だよ」

こうしたわけで、父さんは僕の家を直しにくることになった。僕は母さんにも来てほしかった。けれど父さんは、家に残るよう母さんに命じた。猫と鶏の世話があるからだった。列車にたいし強い恐怖を抱いている母さんは、心から満足していた。人生をとおして、母さんは一度しか電車で旅したことがなかった。それは一九一二年の夏だった。デンバーからコロラド・スプリングズまでの、三五マイルの新婚旅行だった。僕たち一家は、コロラドからカリフォルニアへ引っ越すときも電車を使わなかった。車で運べるかぎりのものを父さんのバンに詰めこんで、サンフワンへつづく四〇号線をふらふら走っていったのだった。

一方の父さんは、列車の旅には慣れっこだった。早くも一九〇一年には、ニューヨークからコロラドへ、全行程を普通客車で旅していた。父さんの列車の旅はこれでは終わらなかった。三年後、父さんはひとりで近距離区間の列車に乗り、デンバーからボールダーまで三〇マイルを移動した。これにつづけて、父さんは母さんといっしょに、コロラド・スプリングズへ新婚旅行に出かけた。こうした経験のおかげで、父さんは列車の旅を少しも恐れていなかった。最近は年に二、三度、ローカル線に乗って州都サクラメントへの小旅行を楽しんでいた。列車など恐れるに足りなかった。

ロサンゼルス行きの列車「ウェスト・コースター」は、毎日夕方六時にサクラメントを発つことになっていた。僕たちは朝食の席で話し合い、その日の便に乗ろうと決めた。僕は義弟に借りた車でサクラメントに行き、必要な手続きを済ませてきた。飛行機の予約をキャンセルし、夕方のウェスト・コースターの座席を確保した。列車の座席はほとんど予約で埋まっていたけれど、僕はどうにか寝台車の二段ベッドを押さえることができた。父さんには、なるべく快適に旅してもらいたかった。だから僕は、父さんが下の段で寝られるよう、係員にしっかり念を押した。

列車が発つ一時間前に、僕はサンフワンへ戻ってきた。妹のステッラが家に来ていた。娘二人と夫のスティーブもいっしょだった。父さんは服を着替え、すでに旅支度を終えていた。父さんのコーディネイトはいささか奇妙だった。胸当てのついた青いつなぎ、黒のシャツに白のネクタイ、そこに茶色いダブルのジャケットという出で立ちだった。そのジャケットは、去年に僕が父さんに譲った、上下の揃いの上着だった。僕たち兄弟は三人とも、父さんと同じような体格をしていた。おかげで父さんの衣装棚には、息子たちのジャケットやコートが所狭しと並べられていた。僕の記憶が確かなら、父さんは四着か五着、上下の揃いを持っているはずだった。そのうちのどれを選んでも、列車の旅に不都合はないように思えた。

「どうしてつなぎなの?」僕は尋ねた。

父さんは自分の格好を一瞥した。

「どこかまずいのか?」

「そのジャケットと揃いになってたスラックスは?」

「あれは嫌いでな」

父さんはキッチンの椅子に坐っていた。ひげの剃られた頬に粉がふられ、髪はきれいに横分けにされている。黒いシャツの下では父さんの太い首が、白いネクタイに締めつけられ膨れあがっているように見えた。それでも父さんは、長旅に乗りだそうとする男に特有の、いかめしい雰囲気を漂わせていた。

ステッラが言った「ほんとに頑固なんだから。きれいに清潔に見せようっていう発想がないのよ」

「俺は清潔だ。俺が着ているものは清潔だ。どれも洗濯したばかりなんだぞ」

「だってつなぎでしょ! これから列車に乗るっていうのに」

「俺はお前が生まれる前から列車に乗ってきたんだ。列車について、お前の父親に講釈を垂れようと思うなよ」

「年取ったれんが積み工そのものだわ。なにもそんな格好で出歩かなくてもいいじゃない」

「おい、れんがを積んでなにが悪い?」

「グレーのジャケットとスラックスはどう?」僕は提案した「列車の中なら、あっちの方が涼しいと思うけど」

父さんは立ち上がった。怒りに顔を紅潮させている。

「お前は俺に来てほしいのか? 俺に家を直してほしいのか?」

もちろんそうしてほしかった。

「なら、俺に着るものを指図するな。忘れるなよ、お前は自分が思ってるほど利口じゃないんだ、白蟻のいる家なんざ買いやがって!」

この話題はここで終わった。僕は父さんを手放したくなかった。

父さんの荷物は玄関のそばに積まれていた。塗料の汚れがついた合皮の旅行鞄が二つ、物干し綱で結びつけられていた。その横に、石工の仕事道具が入ったキャンバス地の袋が置かれていた。僕らが父さんの服装について議論しているあいだ、母さんはひとり忙しく立ち働いていた。かつてコンデンスミルクが入っていた食料品店の紙箱のなかに、なにかを詰めこんでいるようだった。僕は母さんがなにをしているのか見にいった。母さんが詰めているのは、僕がロサンゼルスへ持ち帰るための食料だった。紙箱には、イチジクのゼリーが四クォートと、家で瓶詰めにされた保存用のトマトが四クォート入っていた。そのほかに、ヤギの乳のチーズがひとかたまり、焼き立てのチョコレートケーキがまるまるひとつ、丁寧に詰められていた。

「ロサンゼルスにはおいしいチョコレートケーキがありませんからね」

母さんがその情報をどこで入手したのか、僕には見当がつかなかった。けれどなにも口出しはしないでおいた。それから母さんは僕に、母さんのハーブ園から刈りとってきたばかりのスイートバジルの束を見せた。バジルは赤いリボンで結わえられ、リボンの先に二つの鉛製のメダルがぶらさがっていた。聖処女マリアの図像が刻まれたメダルだった。

「このメダルがあれば、赤ん坊は元気に生まれてくるわ。これから毎晩、ベッドの足元にかけて眠りなさい」

言われたとおりにすると僕は答えた。

物干し綱のひと巻きを手に父さんがやってきて、紙箱を縛りはじめた。大事な話があるからと、母さんは僕を流しの前に引っ張っていった。スパイスや調味料がしまってある引き出しの中から、母さんはひとかけのニンニクを取り出した。母さんの爪に皮を剥がされ、白いニンニクの実が露わになっていた。母さんはニンニクにキスしてから、僕のジャケットの胸ポケットにそれをすべりこませた。

「いつもポケットに入れておきなさい。昼も夜も、ずっとよ。ぜったいに忘れてはだめ」

「分かってるよ。そうすれば男の子が生まれるんだろ」

母さんは甘い微笑みを浮かべ、両手を持ちあげ手のひらを天井に向けた。

「わたしは気にしてないの。ほんとうに。男の子でも女の子でも、わたしの孫であることに変わりはないもの。どちらが生まれても愛してあげるわ。だけどお父さんは男の子を欲しがってるから。ニンニクは、お父さんを喜ばせるためなのよ」

ニンニクの強烈な臭気が僕の鼻孔に突き刺さった。服に臭いが染みこむ前に、できるだけ早くこの欠片を処分しようと僕は決めた。そろそろ出発する時間だった。スティーブと父さんが荷物を車に運んだ。そのうちのひとつから、ワインの瓶のごぼごぼという音がはっきり聞こえた。母さんが目を離している隙に、僕はポケットからニンニクを抜きとり、ブドウの生け垣のあいだに放り捨てた。母さんは僕といっしょに、車の隣までやってきた。子供たちがいるから、母さんとステッラとはここでお別れだった。

まずは二人の小さな孫に、それから母さんにキスしたあと、父さんは少し泣いた。暑い日は、猫の餌にパセリをひとつまみ入れるのを忘れないよう、父さんは母さんに言い含めた。僕らが抱き合い、別れのキスを交わすあいだ、母さんは勇ましくも卒倒の誘惑と戦っていた。僕たちは車に乗りこみ、座席から手を振った。スティーブが車の向きを変え、出発の合図にクラクションを鳴らした。そして母さんは卒倒した。遠ざかる車のうしろで、囲いのわきの道路の上に、きれいに崩れ落ちていった。母さんの隣にいるステッラは、少しも取り乱す素振りを見せず、僕たちに手を振っていた。母さんの体は完全に麻痺してしまったようだった。胸のあたりに顔を持ち上げ、果敢にも、僕たちに手を振ろうと奮闘していた。そしてけっきょく、土埃のなかにくずおれた。母さんを「生き返らせる」ために、いったん車をとめた方が良さそうだった。けれど時間はかぎられており、列車に乗り遅れるのではないかと父さんは気を揉んでいた。

「あいつはどこも問題ない。行くぞ」

角を曲がり、サクラメントへ伸びる快適な州道に入ると、地面とこすれるタイヤの音が規則正しく耳に響いた。僕はほっとしてため息をつき、煙草を探して手を伸ばした。僕の指はポケットのなかで何かに触れた。温かくて、ぺたぺたしていた。僕はそれをつまみだした。ひとかけらのニンニクだった。僕はそれを手のひらに載せた。白くて、露わで、獰猛だった。投げ捨てようと思ったけれど、父さんもそのニンニクをじっと見ていた。

「よし」父さんは言った「それでいいんだ。俺も自分のを持ってる」

父さんは僕に、たくさんの仕切りがある小銭入れを見せてくれた。小部屋のひとつに、ニンニクの欠片が横たわっていた。僕の義弟もそれを見ていた。

「それ、効かないよ」スティーブが言った「俺とステッラも試したんだ。二回ともね」

3

父さんと列車に乗るのはそれがはじめてだった。悪夢だった。スティーブに別れを告げて駅舎に入るなり、面倒事が持ちあがった。僕たちは五つの荷物を運ばなければならなかった。父さんの仕事道具、薄汚れた二つの旅行かばん、自家製の保存食が詰まった紙箱を物干し綱で結んだもの、そして僕のボストンバッグだった。工具袋だけで優に五〇ポンドはあった。なにしろそれは、鑿《のみ》や槌といった類の、れんが積み工の仕事に使う鋼鉄製の道具でいっぱいだったから。大荷物と格闘している僕らを見て、三人のポーターが救いの手を差し伸べてきた。僕は列車のチケットを提示し、三人のなかの一人が受取証にペンを走らせた。父さんは慌てた。

「なんだ?　こいつらなにがしたいんだ?」

「車両まで、荷物を運んでくれるんだよ」

「金を払うのか?　いくらだ?」

五〇セントが妥当だろうと僕は思った。

「気でも触れたか？　俺が自分で運ぶ。それなら無料だ」

「待ってよ、父さん。こういうものなんだよ。列車までかなり離れてるんだからさ」

父さんは聞く耳を持たなかった。あっちに行けとポーターに命令した。「黒の鞄にはワインのボトルが二本も入ってる。こいつらに運ばせたら割れちまう」

「じゅうぶん気をつけますよ、旦那さま」受取証を書いていたポーターが言った。

「うるさい。ほっとけ」

「頼むよ、父さん。せめて仕事道具だけでも運んでもらおうよ」

「ここには鏝《こて》が入ってる。四〇年前から使ってるんだぞ。この道具を揃えるのに二〇〇ドルはかかったんだ」

「ご自由にどうぞ、旦那さま」ポーターが微笑んだ。

「自分たちでなんとかするよ」僕は彼に礼を告げ、そして言った「ほら、これ」

僕は二五セントを指で弾いた。ポーターは硬貨を宙でつかまえ、にっこり笑って去っていった。目の前の光景が信じられず、父さんは目をしばたたいた。

「お前、金をやったのか？　なんでだ？」

「彼だって、食ってかなきゃいけないからね」

父さんはポーターを追いかけ、戻ってくるよう大声で叫んだ。戻ってこい、おい、そこのお前、戻ってこい。ポーターは驚きつつも、笑顔を浮かべて戻ってきた。父さんは荷物を指さした。

「運べ。これ以外はぜんぶだ」父さんはそう言いながら、綱でくくりつけてあるスーツケースの片方を揺すった。ワインのボトルがごぼごぼと笑い声をあげた。満足して喉を鳴らす猫のようだった。

ポーターは受取証を作成し、四つの荷物を台車に載せた。父さんがその作業を見張っていた。

「工具袋を落とすなよ。そこに入ってる水準器は二〇ドルしたんだからな」

「じゅうぶん気をつけますよ、旦那さま」

父さんはまだ信用していなかった。「ニューヨークからコロラドに来たときは、この手の連中にえらい目に遭わされたんだ」

僕たちは地下通路に下り、列車に向かう旅行者の流れに沿って歩いていった。ウェスト・コースター の出発まであと一〇分はあったから、のんびりと行けばよかった。すると突然、五、六人の水兵が、サンフランシスコ・リミテッドの発車に間に合うように、ばたばたと足音を立てて地下通路を駆けていった。水兵の興奮は周りに感染し、多くの旅行者が駆け足になった。そのなかの一人に、父さんがいた。鞄を前後に大きく揺らし、懸命に通路を走り、大声で僕に呼びかけていた。おい、急げ、早くしろ。僕は歩調を速めた。それでも父さんに追いつかなかった。僕はずっと後ろから、父さんの背中を眺めていた。列車にたどりついた父さんは、開いていた最初の扉から車両に乗りこもうとした。車掌が父さんを引きとめた。僕が追いついたとき、二人は激しく口論していた。車両番号を教えるよう車掌が求め、何番だろうと知ったことかと父さんがやり返す。僕らの車両は、ずっとうしろの二一号車だった。二一号車に向かうあいだずっと、列車業務の愚かしさについて父さんは不平を漏らしていた。ニューヨークから旅してきたときと比べて、なんと多くが変化したことだろう。それは言うまでもなく、悪い方向への変化だった。

「二二号車。八一号車。いったいなんの違いがある？　列車はひとつだ。ぜんぶロサンゼルスに行くんだろうが」

僕が父さんに説明しようとすると、すぐさま父さんが口を挟んできた。

「息子よ、俺はお前が生まれる前から列車に乗ってきたんだ。お前の母さんに出会うより前だ。なのにお前は、列車について俺に講釈を垂れる気か？」

僕たちは二二号車の入り口から車両に乗りこんだ。ポーターも同時に到着した。褐色の顔にたくさんの汗をしたたらせ、父さんの工具袋と格闘していた。父さんは自分の席に腰かけて葉巻に火をつけた。すぐに二二号車担当の係員がやってきて、男性用の化粧室でなければ喫煙してはいけないと父さんに注意した。父さんは顔をしかめ、靴のかかとで葉巻の火をもみ消した。

「おい、ぜんたいこれはどういう列車なんだ？」

「男性用の化粧室は、この車両のいちばん奥にあります」係員が言った。六十代後半くらいの白髪の男で、目のまわりにたくさんの皺ができていた。ポーターが残りの荷物といっしょに戻ってきた。口から舌を出したまま、額の汗を手でぬぐっていた。

「お前、なにか飲んだ方が良さそうだな」父さんが言った。

「一杯いただけるなら、喜んで」ポーターは笑顔を浮かべた。

父さんは手早く黒の旅行鞄の綱をほどき、鞄の上面をがばりとめくった。そこには赤ワインの一ガロンボトルが二本、タオルに巻かれて横たわっていた。ワインのほかにもう一点、たっぷりと中身が詰まって今にもはち切れそうな袋が見えた。僕はその袋の内側を覗いてみた。家で焼いた丸パンが二つに、フットボールサイズのヤギのチーズが入っていた。袋の底には、三〇センチのサラミが一本と、何個あるのだか分からないリンゴやオレンジの姿があった。

「これ、どうするの？」

「食べるんだよ」父さんはぴしゃりと答えた。

ポーターが笑い転げた。

「そりゃそうだ。列車のなかでも腹は減るもの」

これが父さんには気に入った。このポーター、なかなか物分かりの良さそうな男じゃないか。父さんはにっと笑った。ワインボトルの栓を抜こうとするあいだ、笑顔が紫色に染まっていった。「前にもどこかで会わなかったか？」父さんが言った「コロラドのデンバーで、鉧板を運んでただろ？　一九二二年か二三年だ」

ポーターはもう、大喜びだった。

「そんな、まさか！　俺には荷物しか運べませんよ」

父さんは栓を抜いた。ポーターにボトルを手渡すとき、ボトルを包んでいたタオルがはらりと落ちた。ボトルを染める深紅の鮮やかな色彩が、唐突に僕らの視界に飛びこんできた。爆弾みたいだった。

ポーターは驚嘆していた。

「化粧室に行った方が良いですね」

父さんはワインボトルを赤子のように腕に抱え、ポーターのあとについて車両の奥へ向かった。こうして二人は化粧室のなかに姿を消した。二一号車はすぐに乗客でいっぱいになった。開け放しにされた父さんの鞄、物干し綱で縛られた紙箱、モルタルのこびりついた工具袋を目にして、廊下を行く人たちはしかめ面を浮かべていた。もはや疑いようがなかった。僕たちの持ち物すべてが、二一号車の品位を大幅に下落させていた。ほかの乗客が不満を抱くのも当然のことだった。男性用の化粧室から、ポーターのけたたましい笑い声が聞こえてきた。僕は父さんの鞄を閉め、自分も化粧室に行くことに決めた。

ポーターは二一号車の係員に父さんを紹介していた。

「立派な旦那さま方は、みんな知り合いにならないと。ランドルフさん、俺の大切な友人を紹介させてください。こちら、ファンテさんです」

父さんは係員と握手した。

「ランドルフ？」父さんは言った「ランドルフだって？　ランドルフさん、あんた、前に鋼板を運んでませんでしたか？　コロラドのボールダーですよ。一九一六年か一七年だ」

「一九一六？　いいや、まさか。でも、従弟がそんな仕事をしてましたよ。あいつは鋼板を運んでました。アラバマのモンゴメリです。もうずっと昔にね」

「そいつだ」父さんが言った「そうだろうと思ったんだ」

またもやポーターがげらげら笑った。ランドルフさんは肘を持ち上げ、ボトルから自分の口へと、巧みな手際でたっぷりのワインを流しこんだ。彼は舌を鳴らし父さんにボトルを渡した。父さんは愛おしげにワインを啜り、ボトルをポーターにまわした。

「なぁ、ランドルフさん」父さんが始めた「それにしても、この国の白人どもときたら……」

けれど父さんはその先を話せなかった。僕が急に、父さんの奇行に耐えきれなくなったからだった。旅の道連れと杯を酌み交わすのも悪くない。しかしなにごとにも、それにふさわしい時と場所というものがあるだろう。つなぎを着た老人がワインの一ガロンボトルを抱えて車両の通路をうろつきまわり、ポーターや係員を相手に宴を張る光景は、僕の許容しうる一線を越え出ていた。そもそもつなぎを着ている時点で、すでになにかがおかしいのだから。

僕は父さんを自分たちの席に連れもどした。ちょうど列車が、サクラメントの駅を出発するところだった。父さんは自尊心を傷つけられ、むっつり黙りこくっていた。二本あるワインボトルのうち、一本は鞄に戻し、もう一本はいつでも飲めるよう座席の下に置いていた。今や車両は、身なりの良い紳士淑女に埋めつくされていた。父さんがワインを飲むたび、上下に揺れる赤いボトルが乗客の視界をよぎった。

「なにが息子だ……ふん」父さんは独りごちた。

「父親をばかにしやがって……」

「自分の血と肉が恥ずかしいのさ……」

「いっそくたばった方がましだな。埋められて、忘れられて……」

「働きづめの人生だったよ。そんな俺を、俺の血と肉が罵倒するんだ……」

「あの世に行く準備はできてる。俺の務めはもう終わった……」

「年をとったら、あとは追いだされるだけだ……」

父さんの声は周囲にはっきり聞こえていた。付近の乗客全員に聞こえるほどだった。乗客たちの感情のくすぶりを、僕はひしひしと感じとった。人びとはこちらに顔を向け、憤慨のこもる視線で僕を見つめ、温かな慈愛を僕の父親に注いでいた。ランドルフさんは僕になんの助け船も出そうとしなかった。反対に、父さんにたいしては細やかな配慮を示した。枕をひとつ持ってきて、優しく微笑み、具合はどうですかと父さんに問いかけた。

「ごゆっくり、ファンテさん。どうぞ良い旅を。なにかご要望があれば、いつでも鈴を鳴らしてください。この列車には、あなたの友人がたくさん乗っていますから。そうですとも、抱えきれないほどの友人ですよ」

涙が父さんの瞳を焼いた。

「なんとかうまくやりますよ、ランドルフさん。どなたにも迷惑はかけません。この列車に乗っている立派な皆さま。尊敬すべき紳士淑女の皆さま。わたしは最善を尽くします」

僕は爪を噛み、なにも言わずに黙っていた。夕食のベルを鳴らしながら、給仕係が車両を通り過ぎていった。雲間に陽が差した思いだった。僕は父さんの肩を叩いた。

「行こうよ、父さん。旨い晩飯を食いに行こう」

「息子よ、俺は大丈夫だ。行ってこい。これ以上お前の手を煩わせたくないんだ。俺の食事ならここにある。少しでも節約してくれ、息子よ」

議論の余地のない点がひとつあった。サラミ、ヤギのチーズ、パンとワインという夕食に、僕は少しもそそられなかった。僕はさっきまで、二、三杯のドライマティーニ、ステーキ、それにたっぷりのサラダからなる夕食を思い浮かべていた。ところが今は、一杯のブラックコーヒーと、しばらくその場から離れるための口実さえあれば満足だった。食堂車は四号車分離れていた。覚束ない足取りで食堂車に向かう僕のことを、一ダースの冷たい瞳が見つめていた。

　距離が僕の胃に魔法をかけた。僕は食欲を取り戻した。僕はマンハッタンを二杯飲み、小さなステーキを平らげた。列車がストックトンを発つころには、すっかり気分が良くなっていた。僕は二杯目のコーヒーをゆっくりと楽しんだ。窓の外はすでに暗くなっていた。サンホアキン渓谷の小さな町々が、かわるがわる目の前を横切っていった。そのどれもがたがいによく似通っていて、町の灯りが宝石のように見えた。食堂車の給仕長が伝票を持ってきた。僕はポケットに手を伸ばしコインをつかんだ。手のひらを開いて見ると、コインに紛れて白く柔らかな物体が転がっていた。ニンニクの欠片だった。それは獰猛な香りを発していた。清らかで、烈しかった。僕はニンニクをコップのなかに放り捨てた。

　席から立ち上がりかけたとき、乗車券を確認しに車掌がやってきた。車掌は僕のチケットに目を通した。

「おや」車掌が言った「あの老人のご子息ですか」

「夕食はいらないと言うんですよ」僕は口を滑らせた「いや、つまり、あの人は夕食を持参してるんです」

　車掌は固く唇を閉ざしていた。なにか言いたげな面持ちだった。彼は僕のチケットから半券を切り離し、残りを僕に手渡した。車掌の両目は牡蠣のように冷ややかだった。

「あなたの父と母を敬いなさい」彼は言った。

「ヤギのチーズはどうも苦手で」

車掌は唇をゆがめた。彼は僕を憎んでいた。

二一号車では、父さんが乗客の胸を震わせていた。父さんの夕食はパンとチーズとサラミだった。時おりワインを口にして、質素な食事を喉から胃に押し流していた。わざとらしいほど上品な食べ方だった。食卓についた紳士みたいだった。ポケットナイフを開いたまま膝に置き、反対側の座席に食べ物を並べている。ナプキンはランドルフさんが用意してくれたものだった。彼は通路を行ったり来たりし、瞳に優しさをにじませつつ、父さんの語りに耳を傾けていた。それは父さんがアブルッツォで過ごした、辛く苦しい幼年期の物語だった。父さんは十歳のころから働きに出ていた。父さんが弟子入りしたのは人でなしの石工で、三セントしか日当をもらえなかった。やがて父さんの母親が、父さんの仕事を手伝いに来るようになった。二人はアブルッツォ公爵の土地で働いた。普請中の屋敷の足場へ、梯子をつたって大きな石を運ぶ仕事だった。それは胸を打つ物語だった。ほんとうの物語だった。僕はそれを何度も聞いたことがあった。僕はこの物語とともに成長した。聴く者の血を涙に変える、哀れなる百姓の回顧譚だった。父さんと座席が近い二一号車の乗客たちは、目の前にいる素朴な老人の言葉に深く心を揺さぶられていた。この慎ましやかな男性が、パンとチーズとサラミの質素な食事に満足を見いだしているあいだ、彼の息子は放埓にも、豪勢な食事を思い切り愉しんでいたのだった。

僕は父さんの隣に坐り、両肩のあいだに顔をうずめた。顔を覆い隠せるよう、帽子をかぶっておけばよかったと後悔した。控えめな、それでいて感謝に満ちた父さんの声が、ランドルフさんや乗客たちの耳に響いた。

「けれど全能の神はわたしを見捨てませんでした。わたしはアメリカ国民です。二十五年前からアメリカ人です。四人の立派な子供にも恵まれました。わたしは子供たちを育てあげ、われらの偉大なる祖国へ送りだしました。ここアメリカは、ほんとうに素晴らしい国です。アメリカは、わたしたち全員にたいして親切なのです。われらがアメリカ合衆国に、神のご加護がありますよう」

ツイードのジャケットに身を包んだ大柄の男性が、通路越しに僕らの方へ体を傾け、一本の葉巻を父さんに差しだした。筒型の葉巻入れから取りだされた、たいへん高価な葉巻だった。父さんは腰を折り曲げ、飾りのない品位をもってその葉巻を受けとった。

「お心遣いに感謝します。この葉巻は、孫が生まれる時までとっておきます。こんなにも上等な葉巻を、この場で吸うわけにはいきません」

じつに感動的な言葉だった。ツイードの男性は、ブロンドの貫禄ある妻の方に視線を向けた。彼女の胸は大きく波打ち、その顔は柔和な愛情に染められていた。彼女は夫になにか囁きかけた。するとツイードの男性は、二本目の葉巻を父さんに差しだした。それはいけないと父さんは異を唱えた。だめです、これはやりすぎです、どうか、どうか。けれど最後は、先方の熱意を尊重し、素直に葉巻を受け取った。化粧室に行って贈り物を堪能してくるよう、ランドルフさんが父さんに強く勧めた。父さんはその提案を受け入れた。父さんは丁寧にパンを片づけ、サラミを布巾で包み、ヤギのチーズを袋のなかにしまい入れた。ひとかけらもこぼさなかった。父さんは鞄を閉めて立ち上がった。少し体をこわばらせている。けれどそれに気づくには、息子の経験深い眼差しが必要だった。ランドルフさんは父さんに付き添って化粧室へ向かった。たくさんの顔がうしろを振り向き、父さんの背中を見送った。父さんが通ったあとには、慈しみの愛情が尾を引いてたなびいていた。

僕は窓に顔をもたせかけ、ひたすら前方を凝視していた。僕はとても孤独だった。ひとりぼっちだった。父さんがいなくなり、あたりにぽっかりと空白が生まれた。電車が前に進む音ばかりが響いていた。ツイードの男性とその夫人が、食堂車に行くために立ち上がった。男性は僕に、軽い一瞥さえよこさなかった。一方のご夫人は、僕を見下ろして鼻をひくひくさせていた。ランドルフさんが戻ってきた。

「お父さまから、黒い鞄を取ってきてほしいと言われました」

僕はランドルフさんに、ニンニクの香りが浸潤した一ドル札を二枚渡した。

「できるだけ、好きなようにさせてやって」

「もちろんです。どうぞご心配なく」

ランドルフさんはニンニクの臭いを嗅ぎとり、怪訝そうに僕を見つめた。

数分後、彼はまた僕らの車両に戻ってきて、寝台の準備を始めた。僕は男性用の化粧室に行った。父さんは窓辺に腰かけていた。目を充血させ、ぶつぶつひとりごとを言っている。化粧室には高価な葉巻の香りが充満していた。

「もうすぐベッドの準備ができるよ、父さん。ベッドで寝た方がいいよ」

「行け、息子よ。楽しめ。笑え、遊べ、お前の父親のことは心配するな」

「ベッドで寝た方がいいと思うんだ」

「俺はいい。ニック・ファンテに列車のベッドなぞ畏れ多い。俺はここにいる」

父さんはてこでも動かなかった。僕は食堂車に行ってブランデーを一杯引っかけた。僕が二一号車に戻ったときには、ランドルフさんはすべての寝台の準備を終えていた。男性用の化粧室はたくさんの人でごった返していた。それぞれが顔を洗い、歯を磨き、眠りにつく準備をしていた。誰もが僕の父親を「お父さん」と呼び、おやすみなさいと声をかけていた。僕は誰からも声をかけられなかった。僕は歯を食いしばり、尊大な態度を押し通した。煙草を吸い、明日の朝を切望した。この忌まわしき旅が終わりを告げる瞬間が、待ち遠しくてならなかった。

十一時を過ぎたころには、僕と父さんの二人を除いて、二一号車の全乗客がベッドに入っていた。父さんは窓辺でいびきをかきながら眠っていた。僕は父さんの体を揺らした。

「ベッドで寝なよ」

「いや、いい」

「ここで寝たらまずいよ。わざわざ快適なベッドを予約してあるのに」

「いや、いい」

ランドルフさんが化粧室に入ってきた。

「お気の毒に。ご老体はひどくお疲れのようですね」

「ベッドで寝ようとしないんです」

「じつに立派な、すばらしいご老人だ」

「ベッドまで連れていくのを手伝ってください」

僕らは父さんを抱き上げようとした。すると父さんは、ずしりと重い作業靴を履いた足で、こちらを思いきり蹴飛ばしてきた。もうお手上げだった。僕は嘆願し、説得した。

「いや、いい」

僕は根負けした。僕は自分の席に戻り、二段ベッドの下段に横になった。父さんがベッドで眠るのを拒んだのだから、わざわざ上段によじ登ることもなかった。僕はよく眠れなかった。寝台のまわりに熱気がこもり、息苦しかった。僕は三度も目を覚ました。三度とも、ズボンを穿いて男性用の化粧室に行った。父さんは化粧室のベンチにぐったりと伸びていた。僕が父さんを揺するたび、父さんは唸り、僕に蹴りを食らわせた。僕は寝台に戻った。暑さで息が詰まりそうだった。僕は鈴を鳴らしてランドルフさんを呼んだ。彼は男性用化粧室のそばの下段のベッドで眠っていた。僕にたいする彼の態度は、だいぶそっけなかった。

「ここは暑すぎますよ」僕は言った「上段のベッドを畳んでもらえますか？　そうすれば、少しは涼しくなるだろうから」

彼は言われたとおりにした。僕の視界は大きく開け、さっきまでよりずっと気持ち良く横になれた。僕はじきに眠りに落ちた。

目を覚ますと朝になっていた。列車はすでに山あいを抜け、キャスティークを通り過ぎようとしていた。ロサンゼルスまであと一時間と少しだった。上段のベッドが畳まれているおかげで、僕はまっすぐに立つことができた。気兼ねなく体を伸ばし、自由を満喫して服を着替えた。それから僕は通路に出た。ほかの乗客はひとり残らず、起床して着替えを済ませていた。片付けが終わっていないのは僕のベッドだけだった。ランドルフさんはブラシを手にして、忙しく動きまわっていた。すべての瞳が僕に向けられていた。昨晩まで、この人たちは僕を憎んでいるだけだった。ところが今や、僕をリンチしかねない雰囲気だった。乗客の憎しみは気力を奪う熱風のようだった。押し寄せる悪意をはっきりと感じとり、僕は震えあがった。そうして僕は、この人たちの怒りの原因を理解した。僕の寝台の上段が、畳まれている。それは一晩中、誰にも使われずにいた。人の寝た痕跡があるのは下段のベッドだけだった。どう見ても、そこに寝ていたのは僕だった。父さんが男性用の化粧室にいることを、乗客たちは知っていた。そこから導き出される結論は、痛ましいほどに明らかだった。僕が贅沢な眠りを貪り、二人に割り当てられた空間を一人で占有しているあいだ、老いた哀れな父親は、男性用の洗面所で一晩を過ごすべく強いられていたのだった。僕は顎をこわばらせ、よろよろと通路を歩いていった。敵意に満ちたインディアンの集落を一〇マイルほども進んだ末に、ようやく僕は化粧室にたどりついた。

そこに父さんがいた。父さんは膝の上で黒の鞄を開け、質素な朝食をとっていた。今朝の献立はヤギのチーズとリンゴだった。父さんの横にツイードを着た男性が立っていた。

「お父さん、よく寝られましたか?」

父さんは微笑んだ。ぐっすり眠れたわけではないけれど、この状況下にしてはじゅうぶん快適な睡眠だったことを、その微笑みが暗示していた。僕はこの老いぼれの心臓をずたずたにしてやりたかった。そしてツイードの男性は、僕の心臓をずたずたにしてやりたいと思っていた。

ロサンゼルスに着いてようやく、誠実なる列車の輩《ともがら》から離れてようやく、父さんが仲間全員の手を握り情け深い別れの挨拶を告げてからようやく、僕は復讐の機会を得た。僕らの荷物は、ロサンゼルス・ユニオン・ステーションを出てすぐのところにあるタクシー乗り場に、一足先に運ばれていた。僕たち二人は押し黙ったまま地下通路を進み、駅からタクシー乗り場へ向かった。僕がポーターに半券を手渡すと、ポーターは手押し車から僕たちの荷物を持ち上げた。父さんはポケットの小銭入れを取りだし、ポーターにチップを渡す準備をした。父さんの親指と人差し指のあいだに、薄っぺらい一〇セント硬貨が挟まっていた。

「おい、その金は受け取らないでくれ」僕はポーターに言った。

ポーターは一〇セントを見つめながらも、喜んで僕の指示に従った。そのとき僕は、どうやって復讐すべきか思いついた。僕は自分の財布を開き、一ドル札をぜんぶで五枚、ゆっくり数えつつポーターに手渡した。父さんはぽかんと口を開け、目の前で繰り広げられる奇妙な光景を傍観していた。

「お前、それは?」

ポーターは顔を輝かせた。「ありがとうございます!」

僕はタクシーを呼ぶために手を挙げた。父さんはその場に立ちつくしていた。五ドルをめぐり、自分には思いもつかない出来事が起こるのではないかと期待して、あたりをきょろきょろ見まわしていた。けれどポーターは、手元の金を数えながら遠くへ行ってしまった。タクシーがとまった。運転手は僕らの荷物を助手席に積みあげた。父さんはまだ棒立ちになっていた。なにかが起きるのを待っていた。ポーターは人の流れのなかを漂っていた。

「なんだ? あいつはどこに行くんだ?」

「行くよ、父さん」

「お前に釣りを持ってくるだろ」

「彼にぜんぶやったんだよ」

「気でも触れたか？」

僕が呼びとめるより早く、父さんは駆けだしていた。ポーターを追いかけて、通行人を肘で押しのけ、人混みをかき分けて大声で叫んでいた「おい！　あんた、おい！　戻ってこい！」

けれどポーターはいなくなった。列車へ急ぐ乗客と、列車から降りてくる乗客が人波の渦となり、見る間にポーターを飲みこんでしまった。父さんは哀しみに打ちひしがれ、ほとんど泣きそうになりながら、なおも視線をあちこちへ泳がせていた。

「行っちまった。お前の金を持ってどこかに消えた」

「僕はぜんぶやりたかったんだよ」

父さんは勢いよく振り返った。拳を振り、怒りに顔を紫色に染めて、僕に厳しく説いて聞かせた
「お前は自分がなにをしたか分かってないんだ。金を稼ぐのはたいへんなことなんだ。靴を買うため、牛乳やパンを買うため、一セントでも多くの金が必要なんだ。これはお前の妻のため、お前の赤ん坊のためなんだぞ」

そうだ、そのとおりだ、僕の父さんの言うとおりだ。僕の復讐は浅はかだった。僕はあまりに忘れっぽかった。かつて苦しい年月を過ごしたこと、そうした年月がきっとまたやってくることを、僕はすぐに忘れてしまった。僕たちはタクシーの停車場へ引き返した。僕はタクシーに乗りこんだ。父さ

んはドアの前でためらっていた。

「いくらなんだ?」

「たいした額じゃないよ、父さん。せいぜい数十セントだよ」

父さんはタクシーに乗った。僕は父さんに、メーターを見れば運賃が分かることを説明した。僕から行き先を告げられたドライバーが、レバーを押してメーターを作動させた。タクシーはユニオン・ステーションを後にした。メーターは初乗り運賃を表示していた。

「なんだ、二〇セントか」父さんは微笑んだ。ほっとして、座席に深く身を預けた。タクシーはアリソからロサンゼルス・ストリートを進み、最初の信号で一時停止した。カシャンと鋭い音がして、メーターの数字が三〇セントに切り替わった。

「なんだ?」

「落ちついてよ、父さん。家まであと八マイルはあるから。でも、たいした額にはならないよ」

父さんは座席の上で前のめりになった。大都会の街道にも、中心街の人混みにも、いっさい関心を示さなかった。メーターだけが、父さんの注意を引きつけていた。僕たちはメイン・ストリートに差しかかった。僕は巨大な市役所を指さした。メーターがカシャンと音を立てた。

「四〇セントだ」父さんは言った。

僕たちはスプリング・ストリートをくだっていった。プラザからほど近い、ロサンゼルスのいかがわしい界隈だった。そう遠くない昔、僕はこのあたりを無一文でうろついていた。孤独だった。ホームレスの保護施設で眠ったり、エレベーターの昇降口の前に置かれている灰皿から吸いさしを引っこ抜いたりして過ごしていた。それは僕が、靴下を履かずに通りを歩きまわっていた日々だった。ヒル・ストリートの「シモンズ」でウェイターをしていたころは、ごみ箱をホースの水で洗い流し、真鍮の手すりを布巾で磨いていた。今ではもう、そうした日々になんの魅力も感じなくなっていた。テンプル・ストリートの安宿や、二セントのコーヒーや、公衆便所でのひげ剃りと縁を切れて僕は嬉しかった。公衆便所の水は冷たくて、ひげ剃りの刃はいつもぼろぼろだった。大都会の真ん中で、ポケットのなかに一ドルあれば、生きるための不安をほんのいっとき忘れられた。そんなとき、僕はのんびり通りを歩き、一日ずっと気楽に過ごせた。タクシーの窓からパーシング・スクエアが見えた。メーターがカシャンと鳴った。父さんが青い大きなハンカチで顔を拭いた。

「七〇セントだ。降りるぞ」

スクエアの先には夜通し開いている映画館があった。入場料は一〇セントだった。僕はよく、その映画館で朝の五時まで眠っていた。陽が昇ると従業員は僕たちを叩きだした。僕はいつも非常口から外に出た。けれど田舎者どもは、夢うつつの頼りない足どりで、表玄関から出ていこうとした。そこでは警官たちが待ち構えていて、連中を浮浪罪でとっつかまえ、リンカーン・ハイツ刑務所にぶちこんだ。僕も一度だけ同じことを経験していた。まじめに働き、父さんの助言を聞き、無駄遣いを控えなければ、また同じことが起きるかもしれなかった。タクシーはセブンス・ストリートをゆっくり進んだ。カシャン、カシャンと、メーターが音を立てた。数字が大きくなるにつれ、父さんの混乱はますます深まっていった。

ほどなくして、僕も同じ精神状態になった。僕の視線はメーターに釘づけになった。恐ろしいのに、そこから目が離せなかった。タクシーがウィルシャー大通りに滑りこんだとき、メーターの数字は二ドル近くに達していた。僕は父さんといっしょに汗だくになっていた。僕の財布には一〇〇ドル以上が入っていた。けれど僕は在りし日のことを考えていた。赤ん坊が生まれてくる今、すぐにでも節約を始めなければならないことを考えていた。もはやけっして取り返せない、どぶに捨てた五ドルのことを考えていた。メーターの数字が二ドルに達した瞬間、父さんは苦悶のうめきを漏らし、力なく頭を振った。

「あとどれくらいだ?」

「一マイルか二マイル」

ほんとうはもっと遠かった。僕は前にも駅から家までタクシーで移動したことがあった。そのときはだいたい五ドルかかった。今となっては、まるで現実味を欠いた数字だった。僕のような男にとっては、あまりにも過ぎた贅沢だった。僕たちはさらに何区画か進んだ。そして突然、僕は耐えられなくなった。運転手と客を隔てているガラス板をごんごん叩いた。

「とめてくれ。ここで降りる」

運転手はすぐにタクシーを歩道に寄せた。

「まだ着いてませんよ、お客さん」

「ここでいいんだ」

「ご自由にどうぞ」

運転手はメーターから請求書を切りとった。三ドル二〇セントだった。僕はぴったりの額を支払った。一セントたりとも上乗せしなかった。僕らの荷物は歩道に降ろされ、タクシーは走り去った。好きなだけ笑うがいい！　一セントの節約は一セントの稼ぎなのだ。最近は、カーネギーやロックフェラーの素朴な智慧を小ばかにする連中が増えている。僕はようやく、あの偉大な男たちが正しかったことを理解した。

「行こう、父さん。たかだかあと二、三マイルだ」

父さんは手のひらに唾を吐きかけた。

「ようやく分かり合えたな、息子よ」

功績あるところに名誉あり。父さんがいなければ、僕はきっと途中で挫折し、暑く汚いどぶに落ちて、二度とジョイスに会えなかったことだろう。父さんがいなければ、僕は完全に士気をくじかれ、母さんが用意した重たい瓶詰めトマトやイチジクのジャムやまるまる一台のチョコレートケーキを道に投げ出し、サバンナの荒れ地で行き倒れていたことだろう。

僕たちが前に進み、僕の理性が狂おしいほどの熱気に捻じ曲げられ、乾燥した僕の唇が一酸化炭素を含む息詰まるような排ガスのために焼け野原と化しているあいだ、父さんは十人分の馬力を発揮していた。父さんは片手に仕事道具を持ち、もう片手に旅行鞄を提げ、脇にもうひとつの旅行鞄を抱えていた。僕は父さんの二〇歩後ろで、物干し綱で結ばれた紙箱とボストンバッグのすさまじい重量を耐え忍んでいた。命がけの道行きがもたらす苦難を、父さんは意志の力で撥ねかえし、自分よりはるかに若い男に激励の言葉を投げかけていた。その若者はドラッグストアを見かけるたびに、よく冷えたコーラやチョコレートソーダの香りに誘われ、そこで休んでいこうとした。しかし、一セントの節約は一セントの稼ぎだった。たとえ苦い結末が待っていようと、僕は途中では降りられなかった。僕はどうしようもない間抜けだった。自分でもそれは分かっていた。

ついに僕たちは家にたどりついた。父さんは雄牛のようにぴんぴんしていた。僕は芝生の上に倒れこんだ。ジョイスが窓越しに僕らに気づき、駆け足で外に出てきた。父さんはジョイスに視線を向けた。ジョイスの腹はふくよかに膨らんでいた。父さんは荷物を手放し、泣き、両腕を大きく開いた。

「ジョイスさん！　あぁ、なんて立派な赤ん坊なんだ」

「お義父さん！」

ジョイスは父さんのもとに駆けていった。広げた腕を父さんの首に巻きつけ、腹の出っ張りを優しく父さんに押しつけた。父さんは気おくれして後じさった。けれどジョイスは父さんを放そうとせず、父さんはまごつき、素晴らしい風船を前にして畏敬の念に打たれていた。

「来ていただけてほんとうに嬉しいです」ジョイスは微笑んだ「どうしても、お義父さんの助けが必要だったから」

父さんは笑い、ジョイスの肩をぎこちない手つきで叩いた。ジョイスの言葉や、ジョイスの腹の艶めかしい丸みに酔いしれていた。その小山には父さんの一部もまた含まれていた。父さんは丸みの前で身震いし、喜びに目をまわしていた。その丸みは父さんの延長であり、地上における父さんの生の限界をやすやすと乗り越えていくのだった。芝生に坐りこんで父さんの様子を眺めるうち、僕はふと気がついた。おそらく父さんは、僕とジョイスの子供の誕生を待つ今、自分の子供が生まれたときでさえ感じなかった甘美な興奮を味わっているのだ。ジョイスは父さんの肩越しに僕を見つめ、驚きに目を丸くした。僕はまだ芝生から尻を浮かさず、家に戻れた喜びにしみじみと浸っていた。口を利く気力もなかった。

「ジョン……なにがあったの？」

「歩いてきたんだ」

僕は立ち上がり、ジョイスにキスをした。

「どうしてタクシーを使わなかったの？」

「タクシーにも乗ったんだよ」

この件にかんしてはもうなにも話したくなかった。風呂に入って清潔な服に着替えたかった。息を吹き返すための時間が欲しかった。闇に包まれた旅の記憶を、きれいに忘れるためのきっかけが欲しかった。父さんが、靴の分厚いつま先で芝地を蹴っていた。

「草が悪い。ここの草はぜんぶ悪い。この土地はどこも良くない」

父さんは視線を上げ、通りの両側に伸びる背の高い棕櫚《しゅろ》の並木を眺めた。すべすべした幹が高くそびえ、長い柄のついた羽ぼうきのような葉が茂っていた。

「あの木は良くない。実もなければ日陰もない。なにもない」

僕たちは荷物を拾い上げ、家のなかへ運び、ひとまず階段のわきの廊下に積みあげておいた。廊下の左側、ひとつ段差を下りたところに居間があった。幅の広いフランス窓が設えられた、大きくて快適な部屋だった。壁は涼しげな緑色で、床にはベージュ色のカーペットが敷かれている。熟慮の末、床板にはホワイトオークが採用されていた。廊下に立ち、僕はあらためて実感した。キッチンの床に穴があろうと、やはりここは良い家だった。そう、ここは素敵な家だった。幸せな家だった。この家の持ち主であることが僕は誇らしかった。僕はジョイスの肩に腕をまわした。

「見てよ、父さん。これが僕の家だよ」

父さんはあちこちに顔を向けた。そのあいだに、新しい葉巻の端を噛みきり、ふとももでマッチを擦って、葉巻の先に火をともした。

「床が傾いてるな」

「オークの床だよ、父さん。すごく良い床だよ」

「傾いてるな」

僕たちは床を見下ろした。どこも問題ないように思えた。

「工具袋」父さんが言った。

父さんの仕事道具はほかの荷物といっしょに積まれていた。

「工具袋」父さんがまた言った。

「ここにあるけど」

「工具袋」父さんは繰り返した。

父さんの言いたいことを理解するまで、僕はしばらくの時間を要した。つまり父さんは、工具袋を開けるよう、僕に指示を出しているのだった。その事実に気づくなり、僕らの関係が突然に変質したことを僕は悟った。父さんは僕の優位に立ち、現場の親方に変貌していた。遠い過去の記憶がよみがえった。父さんの家で弟たちといっしょに暮らしていたころ、僕は父さんの仕事の助手をしていた。

父さんといっしょに働くとき、僕らはいつも父さんの態度に辟易していた。僕も、二人の弟も、父さんと仕事するのがずっと苦手だった。父さんはよく言った「鉛筆」これはつまり、鉛筆をよこせという意味だった。こんな風に言うこともあった「二×四、長さ三フィート」父さんの指示はつねに謎めいていた。なぜその道具が必要なのか、父さんはけっして説明しようとしなかった。父さんはなにひとつ説明しなかった。父さんは僕らを奴隷のように扱い、僕らは怒りと苛立ちのあまり、しょっちゅう仕事場から逃げだした。あれから十六年、あの男が帰ってきた。彼は僕の家にいて、こう言っていた「工具袋」

僕は工具袋の留め金を外して口を開いた。

「半インチパイプ。長さ一フィート」

僕は袋の底を漁り、何本かのパイプを見つけた。父さんは廊下を行ったり来たりして、注意深く床を見つめていた。父さんの要求するパイプを僕は差しだした。ところが父さんはそれに一瞥をくれただけで、手に取ろうとしなかった。

「パイプが違う」

「父さんが言っていたパイプだよ」

「半インチパイプ。長さ一フィート」

僕は袋をかきまわし、別のパイプを見つけた。今度は正しいパイプに思えた。僕はそれを渡した。

「パイプが違う」

僕はパイプを袋のなかに投げいれた。それから、短い寸法のパイプをひとつ残らずかき集め、そのすべてを父さんに差しだした。父さんはお望みのパイプを素早く選びとった。

「水準器」

僕は父さんに水準器を渡した。

父さんは床に水準器を置いた。膝をつき、目盛りの内側にある気泡をじっと見つめた。

「巻き尺」

僕は父さんに巻き尺を渡した。父さんは玄関の扉から階段の一段目までの長さを測った。

「一二フィートか」

父さんはパイプを扉の前の床に寝かせ、それを足で押さえつけた。「床が二インチ陥没してる。このパイプは階段のほうに転がってくぞ。家全体が、中心に向かって傾《かし》いでるんだ」

父さんはパイプから足を離した。するとパイプは動きはじめた。はじめはゆっくり、けれど次第に速度をつけて、ごろごろと派手な音を立てながら転がっていった。あぁ、しまった、なんてこった。パイプが階段にぶつかる音を聞いたとき、僕はようやく、父さんにこの仕事を頼んだのは間違いだったことに気がついた。父さんはこの家を憎んでいた。父さんはこの家に偏見を抱いていた。父さんは無慈悲にも、この家にたいする憎しみをひけらかそうとしていた。前へ後ろへ揺れるパイプが、ついにその場に沈黙するまで、僕らは黙ってその光景を眺めていた。ジョイスは茫然としていた。

「なんてことなの」

父さんはパイプを拾い、僕に手渡した。

「工具袋」

僕は袋のなかにパイプを放り投げた。

「閉める」

僕は袋を閉めた。

「ベルト」

僕は二本のベルトを留め金でつなげた。

「白蟻は」父さんが言った
ジョイスが父さんをキッチンに案内した。僕は階段をのぼった。

「どこ行くんだ?」父さんが訊いた。

「風呂」

僕は二階に上がってバスタブに浸かった。気分を鎮める温かな湯のなかで、僕は小一時間もくつろいでいた。まどろんではいたけれど、眠りに落ちることはなかった。僕が風呂に浸かるのは、体を清めるだけでなく、心を晴れやかにするためでもあった。僕の思考は夏空のようになり、心地よい景色が白雲のごとく頭をよぎった。ニューポートビーチに並ぶヨット、アリダ・ヴァリの胸を打つ美貌、フォックスヒルズ・ゴルフクラブの第三ホールのフェアウェイ、ウィラ・キャザーの散文……愉しいもの、華やかなもの、心地よいもの、蠱惑的なもの、それらすべてがいっしょになって、バスタブのまわりを漂っていた。

けれど不意に、なにか奇妙なものが割りこんできた。見慣れない、ぞっとするような眺めだった。それは濁った水たまりだった。冷たくて、苔に覆われ、深い森の影に包まれていた。水面のすぐ下に、何匹かの生き物が蠢いていた。水面から顔を出したかと思うと、すぐにまた沈んでしまう。そのたびに、白くて恐ろしい物体が筋を引き、水中に潜る生き物を追いかけていく。僕は徐々に、生き物の姿を見分けられるようになった。それは父さんや、ジョー・ムートや、ランドルフさんや、ツイードを着た男性だった。彼らが引きずっている白い紐のようなものは、へその緒だった。生き物たちがあまりに不気味で、僕は跳ねるようにバスタブから飛びだし、急いで服を着た。

4

ジョイスは居間で、たくさんの本に囲まれながら読書していた。父さんが裏庭にいるのが見えた。芝地に立てられたパラソルの下に坐っている。傍らにあるスチール製のテーブルには、ワインボトルが鎮座している。父さんは口に葉巻をくわえ、足を思いきり伸ばしていた。ゆったりくつろいだ格好で、家をまじまじ見つめている。

「キッチンの穴のこと、なにか言ってたか?」

「しばらく検討したいそうよ」ジョイスが言った。

「検討する? なにを検討するんだ? 直せばいいだけじゃないか」

ジョイスは本を閉じた。「好きなようにさせてあげなさいよ。お義父さんにはお義父さんの考えがあるんだから」

「あの人がなにを考えていようと、どっちにしろ穴は塞がなきゃいけないだろ。父さんを連れてきたのは間違いだったよ。年をとって聞き分けがなくなってる。これは面倒なことになるぞ」

「自分の父親にそんな言い方をするものじゃないわ」

「仕方ないさ。父さんは頭のねじが緩みはじめてるんだ」

「そういうことは、お義父さんを連れてくる前に考えるべきだったわね。第四の戒律を忘れたらだめよ」

「第四の戒律?」

「汝の父と母を敬え」

僕はさっとジョイスの方を振り返った。彼女は巨大な平穏そのものだった。立派なお腹がお膝の上で、ひとりの人間のごとく誇らしげに安らいでいた。僕は二人を相手に話しているような気分だった。読書鏡の先に浮かぶ澄みきった灰色の瞳が、すばらしく美しかった。ジョイスのまわりには十冊以上の本が並んでいた。何冊かは背の低いテーブルに、もう何冊かはジョイスの腰かけている壁際のソファに積まれていた。ジョイスが読んでいるのはチェスタートン、ベロック、トマス・マートン、フランソワ・モーリアックといった面々だった。そのほかに、カール・アダム、フルトン・シーン、イーブリン・ウォーの本もあった。僕はいくつかのタイトルに目を走らせた。『カトリシズムの本質』、『われらが父の信仰』、『宇宙の観念』。そのなかには、ガレージの埃まみれの箱から発掘されてきた僕の本もあった。けれどほとんどは、本屋から届いたばかりの新品だった。ジョイスがそんな本を読んでいるなんて信じられなかった。なぜって彼女は、がちがちの物質主義者だったから。ジョイスは一般意味論を信奉していた。そう、僕の妻は本質的には無神論者であり、事実にたいしては科学をもって臨むという強固な信念を備えていた。

「きみはなにをしてるんだ？」

「わたし、改宗しようと思ってるの」ジョイスは読書鏡を取りはずした「もし神が絶対的な善であるなら、どうして障害を持った子供が生まれることをお許しになるのかしら？」

僕の全身を悪寒が走った。

「赤ん坊の具合が良くないのか？」

「まさか。あなたの答えを聞きたいだけ」

「僕は答えなんて知らないよ」

ジョイスは満足げに笑みを浮かべた。

「ところがわたしは知ってるのよ」

「それはすごいな」

「ねぇ、答えを聞きたくない？」

僕はジョイスの言葉をまじめに受けとる気になれなかった。どうせまた、妊婦におなじみの気まぐれだろう。ここにいるのは、チリソースのかかったアボガドサラダが大好きないつものジョイスだ。体型が戻れば正気に返る。これは気まぐれだ。そうに決まってる。僕は無神論者の妻が好きだった。ジョイスの姿勢に大いに助けられていた。おかげで家族計画の立案も容易だった。僕たちは避妊にたいして、すこしも良心の咎めを感じなかった。僕たちは教会ではなく役場で結婚式を挙げた。僕たちは信仰上の教義の鎖に縛られていなかった。離婚したければすればよかった。ジョイスがカトリック信徒になったら何もかもがややこしくなる。善きカトリック信徒であることは困難だった。とても困難だった。だから僕は教会を捨てた。善きカトリック信徒は群衆をかき分けて進み、丘に十字架を運ぶ手助けをしなければならなかった。僕は自分の今後を考え、群衆をかき分けて進むのは控えようと決めていた。もしもジョイスが群衆をかき分けて進むなら、僕はそのあとについていかなければならないだろう。なぜって僕たちは夫婦だから。いいや。これはいつもの気まぐれだ。やがて消えゆく出来心だ。そうに決まってる。

「すぐに気が済むよ」僕は言った「僕宛ての電話はあったか?」

「とくになにも」

僕はスタジオの秘書に電話をかけた。スタジオへの電話は日課になっていた。電話をかけるとたいていは、ゴルフの相手を探している連中や、ポーカーの相手を探している連中が見つかった。僕のプロデューサーはニューヨークに行っていて、事務所はしごく平静だった。キッチンを修理する手筈を整えるには、今がちょうど良い時機だった。まずは材木を調達しなければならない。それと、おそらく父さんには助手が必要だ。僕は裏庭に出て、大きなパラソルの下の椅子に坐った。父さんはテーブルに足を乗せ、静かにその場に腰かけていた。ワインボトルはほとんど空になっている。庭の真ん中に植えられた小さなモックオレンジの枝のあいだに、葉巻の煙がもくもく立ち昇っていく様子を、父さんはぼんやり眺めていた。

「父さん、どうかな? かなり費用がかかりそう?」

「目が痛む。良くないぞ、この土地は」

「スモッグのせいだね。キッチンだけど、横木を何本か変えなきゃいけないと思うんだ」

「ミンゴの伯父貴と山賊団の話、お前に聞かせてやったことはあったか?」

「もちろん、何度も聞いたよ。床の穴だけど、誰か助手を見つけてこようか?」

「勇敢な男だった、ミンゴの伯父貴は。苗字はアンドリッツリ。お前の祖母さんの兄貴だ。伯父貴はあそこで、アブルッツォで吊るし首にされた。あの憲兵《カラビニエーレ》ども……肩に二発の銃弾だ。なのにやつらは伯父貴を吊るした。伯父貴の嫁がそれを見ていた。嫁は泣いてた。六十一年前だ。俺はこの目で見たんだ。コレッタ・アンドリッツリ。きれいな女だった」

父さんは両手でボトルを抱えてワインを飲み、喉ぼとけを上げたり下げたりしていた。テーブルにボトルを置くと、ふたたび心地よい思索へと沈んでいった。僕は父さんに、家からそう遠くない場所に材木屋があると告げた。必要なものを見積もってもらえれば、その日のうちに車でいっしょに材木屋に行くこともできた。

「早く始めてほしいんだよ、父さん」

父さんは葉巻に話しかけた「早く始めてほしいとさ。俺は二時間前にここに着いた。俺は疲れてる。列車ではよく眠れなかった。ところがこいつは、早く始めてほしいとさ」

僕は謝った。もちろん父さんが正しかった。僕はじつに考えなしだった。「そうだよね、父さん。急かすつもりはなかったんだ。二、三日、ここでのんびり過ごすといいよ。どうかゆっくり休んでよ。キッチンは待ってくれるからさ」

「キッチンのことは俺が考える。お前は書き物のことを考えてろ」

父さんの顔には疲労の気配がありありと浮かんでいた。顎には灰色の固そうな髭が生え、口の両端が下を向き、半開きになった目が充血していた。大気中の有害なガスのせいで、瞳の奥がずきずき痛んでいるようだった。

「楽しんでいってよ、父さん。ゆっくり休もう。なにか欲しいものがあったら、遠慮なく僕に言ってよ。追加のワインを用意しようか？」

「ワインのことは心配するな、息子よ。ワインのことは俺が考える」

「キャンティを何本か注文しておくよ、父さん。本物のキャンティだよ。ほかにはどう？」

「タイプライター」

「二階に持ち運び式のやつがあるよ。でも、父さんは打ち方を知らないだろ？」

父さんは自分の葉巻をじっくりと見つめていた。「打つのはお前だ。俺は話すんだ」

僕は感動した。昨日の夕方に別れたばかりなのに、もう母さんに便りを送るつもりでいたなんて。

「それはいいね、父さん。きっと、すごく喜んでもらえるよ」

「あれは死んだささ」

「誰が？」

「コレッタ・アンドリッリ」

「母さんに手紙を書くのかと思った」

「なんの手紙だ？　昨日までいっしょにいたんだぞ。息子よ、しっかりしてくれ」

「じゃあ、なんでタイプライター？」

「ミンゴの伯父貴と山賊団だ。俺たち二人で話を書くんだ。これは赤ん坊のためだ。ミンゴの伯父貴について教えるためだ。赤ん坊は喜ぶさ、誇りに思うさ」

「今日はやめておこう、父さん。また今度にしよう」

「今日だ。今だ」

「どうして今日なんだよ？」

怒りをこめて父さんは答えた。恐れとともに父さんは答えた。

「今日にも死ぬかもしれないからだ。今にも死ぬかもしれないからだ」

「別のときにしよう」

痛みが急に、父さんの顔を覆いつくした。父さんは黙って立ち上がり、ひどく早足で家のなかに歩いていった。ジョイスに話しかけようともせずに居間を突っ切っていく父さんの後ろ姿を、僕は裏庭から眺めていた。父さんは這うようにして階段をのぼっていった。僕が居間に戻ると同時に、客人用の寝室の扉がばたんと閉まった。ジョイスが眼鏡越しに僕を睨んだ。

「気の毒なお義父さん。あなたいったいなにをしたの？」

「なにもしないさ。父さんの伯父のミンゴの話を書けって言うから」

「どうせあなたは断ったんでしょ」

「今度にしようと言ったんだよ」

「ドロシー・ラムーアやジプシーたちと、お愉しみに耽ったあと？」

「皮肉はよせって」

「父親をそんな風に扱うのは間違ってるわ。それは罪よ。お年寄りには、とりわけ自分の親には敬意を払うべきだってこと、あなたもよく知ってるでしょう。それは主を前にしての神聖なる義務なのよ」

大きくて、穏やかな女性だった。波濤が激しく打ち寄せようとも微動だにしない、大きな白い岩だった。ジョイスは象牙の塔だった、明けの明星だった、起伏する丘陵だった、ボールダーのダムだった。

「なぁ、いったいなにが気に入らないんだ？」

「自分の父親を不当に扱うあなたのこと、見過ごせないの」

僕は手探りで答えを探した。けれど答えはどこにも見つからなかった。自信に満ちたジョイスの態度に、僕は衝撃を受けていた。ジョイスは果てしなく気の利く女性で、話し相手をやりこめることは滅多になかった。僕は父さんに謝ろうかと考えた。だけどもし謝れば、ミンゴの伯父貴をめぐる追想が僕を飲みこむに違いなかった。僕はなにも、ミンゴの伯父貴が憎いわけではなかった。ミンゴの伯父貴を嫌っているのではなかった。あらためて誓うなら、僕は彼の物語を書いても構わなかった。僕はただ、そのろくでもない物語を、今すぐ書くのが嫌なだけだった。

「スタジオに行ってくる」

ジョイスはすでに読書を再開していた。ジョイスは顔を上げた。

「なにか言った？」

「スタジオに行ってくる」

「もし神が絶対的な知の持ち主なら、ある種の魂が永遠に地獄の責め苦を受けることもご存知のはずよね。神は絶対的な善であるのに、どうしてそうした魂を創造するのかしら?」

「知らないね」

「ところがわたしは知ってるのよ」

「おめでとう、ほんとうに良かった」

僕はガレージに行って車に乗りこんだ。スタジオまでは二〇分の距離だった。通りはひどい渋滞だった。けれど僕には、延々とつづく車の列や、やかましいバスのクラクションがありがたかった。これが僕らの時代の気分だった。赤ん坊が生まれれば、ジョイスもこの感覚を取り戻すだろう。混乱した現実のなかに慰みがあること、誰もがこの世界で生きていかざるを得ないことを、ジョイスはふたたび思い出すだろう。女が妊娠しているあいだ、男は苦難に直面する。腹の子が女に恐るべき力を与え、男は用無しになってしまう。けれどそれもいずれ終わる。瞼の裏に、細身に戻ったジョイスが浮かんだ。黒いレース地の服を身につけたジョイスが、僕の腕に抱かれる瞬間を心待ちにしている。一度目の出産は女性の体を成熟させ、妊娠前にはなかった魅力を彼女にもたらすのだ。スタジオに着いたとき、僕はとても幸福だった。僕は愛のために目をまわし、差し迫る喜びをゆっくりと味わっていた。

秘書が入り口に立って僕を待ち構えていた。

「奥様から電話がありました。緊急だそうです」

ダイヤルをまわすあいだ、僕にはタクシーの後部座席で横たわるジョイスの姿が見えていた。混沌とした情景だった。赤ん坊が途中まで顔を出し、ジョイスがうめき、タクシーの運転手が動転し、警官を乗せたバイクがうなるサイレンとともにウィルシャーの渋滞を二つに裂き、タクシーが猛スピードで病院へ疾走している。

ジョイスが電話に出た。

「お義父さんが行っちゃったの」

「どこに?」

「サンフワン」

「そんなばかな。金もないのに、どうやって帰るんだ?」

「徒歩よ。ウィルシャーを歩いていったわ。引きとめても聞いてもらえなかったの」

「僕が連れ戻す」

僕は電話を切った。急いで車に引き返し、ウィルシャーを目指してアクセルを踏んだ。僕の家から一マイル東に行ったところで、僕は父さんを見つけた。父さんを見つけて泣いた。父さんは、大通りのバス停のベンチに坐っていた。工具袋と、物干し綱で結ばれた二つの旅行鞄が、父さんの横に置かれていた。父さんはベンチの端っこに腰かけていた。ぼろぼろの荷物の隣にたたずむ、ひとりの老人だった。老人は希望を奪われ、大都市の片隅でしょげかえり、自動車の急流や、くたびれた顔に押し寄せる一酸化炭素の波を前に、ぽつねんと坐りこんでいた。そう、僕は泣いた。僕は自らの胸を打ち、こう言いたかった。わが罪がため《メアー・クルパー》、わが罪がため《メアー・クルパー》。だって僕は老人の悲哀を、晩年の孤独をこの目で見たから。父さん、年とった僕の父さん、アブルッツォからアメリカまでやってきて、最後まで田舎者のままで、ベンチに腰かけ、この世界にひとりぼっちの僕の父さん。ちくしょう、やってやるよ、僕はその物語を書いてやるよ！　そうだよ、父さん、いつの日か赤ん坊が読めるように、ミンゴの伯父貴についていっしょに書こうよ！　物を書く男にとって、それより大切な仕事がどこにある？　僕は車を停め、頬をぬぐい、父さんの坐っているベンチに歩み寄った。

「父さん、ここで何してるの？」

「よお、息子よ」

僕は父さんの肩に手を置いた。

「父さん、ミンゴ伯父さんはどんな人だったの？　はじめからぜんぶ話してよ」

「伯父貴は赤髪だった、息子よ。でかい足だった。強い男だった」

けれど父さんはその先を話せなかった。父さんは泣きはじめ、僕も泣き、僕らは抱き合って泣き、そして泣いた。なぜなら僕らは、ミンゴの伯父貴が大切な人であることを知っていたから。どれほど月日が過ぎようとも、僕らが彼を愛していることを知っていたから。

「来てよ、父さん。家に戻ろう。いっしょに書こう。準備万端だよ、父さん。僕がぜんぶ書いてみせるよ」

僕は父さんをベンチから立たせようとした。けれど父さんは僕の手を振り払った。

「俺に帰る家はない、息子よ。みんな俺を嫌ってるんだ」

「来てよ、父さん。途中でワインを買っていこう。それから家に戻って、いっしょに書こう」

「小瓶一本くらいなら、まぁいいだろう」

父さんは青い水玉のハンカチを取りだし、目元をぬぐい、派手な音を立てて鼻をかんだ。そのあとで、たくさんの仕切りがある小銭入れを手にとった。僕はまたもやニンニクと対面した。小さな茶色い炎が、牙を剥いて唸っているようだった。父さんは小銭入れのなかに指を這わせ、六〇セントだか七〇セントだかの硬貨をかき集め、それを僕に差しだした。

「お前の父親のために、小瓶を一本だ」

「やめてよ、父さん。僕が世界最高のワインを用意するよ。父さんの金はとっておいてよ。金なら僕が持ってるからさ」

僕らは荷物を車のなかに積みこんだ。父さんは僕の隣に坐った。なら、父さんは僕を許したのだ。許されることは心地よかった。僕は父さんに感謝の念を伝えたかった。僕たちが向かった酒屋は、世界各地からたくさんの素晴らしいボトルを仕入れている店だった。父さんは店内を見まわした。父さんの哀しみは、美しいボトルのきらめきに吸いこまれていった。ワインの小瓶を一本だ。父さんはそう繰り返した。唇を湿らせるだけだ、カリフォルニアのワインが一パイントもあればいいんだ。けれど、酒屋の棚には広大な世界が広がっていた。それは父さんのための世界だった。最初に目に入ったのはチリ産のカベルネだった。たちまち父さんは決意をぐらつかせ、僕たちはそのボトルを二本注文した。次はシャトー・リオナだった。つづけて、黄金色に輝くボルドーワインも一ケース注文した。僕の注文を聞いて父さんは笑った。それは現実味を欠いた、あまりに高価なワインたちだった。息子よ、俺はただ、カリフォルニアの赤で一杯か二杯やりたいだけだぞ。けれど正しいのはジョイスだった。僕は老人を労わらなければならなかった。僕の父に敬意を捧げなければならなかった。僕の隣で父さんが、わらにくるまれたキャンティのボトルを抱え、今にも泣きだしそうになっていた。僕らはキャンティも一ケース注文した。

「おい、それぐらいにしとけ」父さんはそう言って、物思わしげに手を揉みしだいた。するとやがて、なにか考えが閃いたらしく、葉巻に火をつけ、商人とも王族とも見える抜け目のない顔つきになり、豊富な品揃えの店のなかを歩きまわって、ボトルを手にとり、ラベルを読み、ボトルを棚に戻すという作業を始めた。父さんは酒については一家言を持っていた。ポルトガル産のブランデーの風味を知悉し、マーテルの味わいにも通じていた。珍しもの好きな父さんは、イタリアの修道士たちが作ったフィレンツェ産のアニス酒にも目がなかった。ガリアーノの背の高い金色のボトルを父さんが見つめているとき、このボトルも買うべきであることを僕は悟った。老人にはガリアーノが必要だった。ボトルはすらりとしなやかで、中身のリキュールはイタリアの太陽のような黄色に染まっていた。

店員は、すぐに僕の家まで配達すると請け負った。けれど父さんは、ガリアーノを他人に託す気になれず、さらにはマーテルも自分で運ぶべきであると判断した。僕たちは家に戻り、車をガレージに停めた。あらゆる動作に気を遣い、父さんは慎重に車から降りた。

ジョイスは僕たちがいっしょに帰ってきたのを見て喜び、僕たちにキスをした。僕の頬に触れたジョイスの唇は、修道女のそれだった。

「神があなたを祝福されますように」

そんなことを口にしたのは、ジョイスの人生ではじめてのことだったろう。父さんはガリアーノの栓を開け、マーテルの栓も開け、僕たちは居間でくつろいだ格好になった。ヴェネツィアの地下室にこもる中世の錬金術師のごとき面持ちで、父さんは二オンスのマーテルを注いだ。その上に一オンスのガリアーノを注ぎ足すとき、父さんの顔には至福の笑みが浮かんでいた。ついにグラスに口をつけると、父さんの魂は法悦の境地に到達した。一連の動作を見ていた僕は、父さんが天井にふわふわ浮かんでいってしまうのではないかと思った。

「ミンゴの伯父貴は赤髪だった」父さんが言った「石造りの家に住んでいて、壁の厚さは三フィートだった……」

ジョイスがチーズとサラミの並んだ皿を持ってきた。

「あるとき俺は言ったんだ。〈ミンゴ伯父さん、どうしたら伯父さんみたいに強くなれるの？〉ミンゴの伯父貴は片手で俺を抱えあげ、宙に高く掲げてからこう言った〈オリーブオイルさ〉」

ジョイスと僕は、ガリアーノをちびちびと啜っていた。

「ミンゴの伯父貴には弟がいた。この男はトルチェッリの町長だった。あのころの町には貧相な道しかなかった。住民は五〇〇〇人だった。俺の従弟のアルドは四歳で死んだ。祭日はみんなで集まった。これはチーズか？　アントニオは司祭が嫌いだった。小麦のこともあったが、たいていはカラス麦だった。俺はそこに行って訊いた〈ヴィーコよ、なにがあった？〉あれは町に電気が通る前の話だ……」

日が落ちた。何度も電話が鳴り、ジョイスが忍び足で受話器を取りに行った。ジョイスは僕に席を立たせようとしなかった。僕はその場にとどまり、耳を傾け、事実を集めなくてはならなかった。父さんはガリアーノを脇に押しやり、マーテルをストレートで飲んでいた。玄関のベルが鳴った。ジョイスの友達が何人か訪ねてきた。僕と父さんのじゃまにならないよう、ジョイスは友人たちを手早く奥の部屋へ案内した。

「ミンゴの伯父貴の姉はデッラといってな、この女はジュゼッペ・マルコーザと結婚した。俺はある日、町で自転車に乗ったダンヌンツィオを見かけた。夏は暑かった。冬は寒かった。ミンゴの伯父貴、大きな男だった。ココアは飲んでも、コーヒーは飲まなかった。壁がな、厚さ三フィートだった。たぶん二エーカーはあった。岩だらけだった。六フィート四方ってとこだろう。良い男だった。強かった。屋根は瓦だった。イタロが死んだときは町中から人が集まった。俺は自問したものさ、あいつらはバーリから魚を運んでくることもできただろうに。しかしあいつはろくでもない男だった、あのルイージは。自分の娘の持参金をくすねるなんて信じられるか？　いざこざがあったことは俺も知ってた……」

ジョイスは客人を部屋に残し、僕に軽食を持ってきた。父さんは腹を空かせていなかった。僕は歯を食いしばり、父さんの話を聞きつづけた。ジョイスは友人たちの待つ奥の部屋に戻った。ジョイスたちの笑い声がこちらまで聞こえた。マーテルのボトルはすでに半分が空になっていた。

「あの年はちっとも雨が降らなかった。俺の従兄はナポリに行った。ああ、少しはブドウが採れたが、麦はほとんどだめだった。岩がちの土地で、オリーブばかりだった。トルチェッリには床屋がなかったから、みんな自分で切っていた。一月十九日まで雪が降らなかった。ミンゴの伯父貴が家に来たとき、伯父貴は怒り狂っていた……」

ふたたび玄関のベルが鳴った。品物を届けにきた酒屋の従業員だった。彼は玄関にたくさんの袋とケースを積み重ねた。父さんは足をもつれさせながらキッチンに向かい、コルク抜きを持って玄関に行った。父さんはキャンティの栓を抜いた。僕は一瞬、苛烈な試練もこれで終わりを迎えるかと期待した。父さんは投げやりに体を反らし、ボトルから直接にワインを飲んだ。それから居間に戻ってきて、また僕の前に腰かけた。

「さて、と……どこまで話した？」

最後まで聞き届けよう。この部屋で、この椅子に縛りつけられたまま死ぬとしても、僕はすべてを聞き届けよう。「ミンゴ伯父さんが家にやってきたんだ。すると、伯父さんは怒り狂っていたんだ」

「もちろん怒り狂っていたとも！　どれだけの仕打ちに耐えろというんだ？　お前には分からんよ。ロサンゼルスの家に暮らして、食うものは山ほどあって、だけどお前は、人間の問題についてなにを知ってる？　岩だよ、あの岩がぜんぶ、伯父貴の土地に降りかかったのさ。小さな坊主が病気になった。俺の母親がいなくなった。凪はいつまでも吹きやまない。ヤギが死に、ディーノはローマに行って司祭になった。税金はべらぼうに高かった。ナポリに行く前に俺は十七になった。俺は目の調子が良くなかった。ミンゴの伯父貴が靴を脱ぐと、伯父貴の足は血まみれだった。俺たちにはオリーブオイルがあった、ところが霜がブドウを台なしにした。電気もない、ガスもない。エレナには、俺の弟の妻には、生まれたばかりの赤ん坊がいた。ミンゴの伯父貴はあいつの首根っこをつかまえて言った〈アルフレードよ、お前の全身の骨をばらばらにしてやろうか〉あれは雨の降る夜だった。誰もがミンゴの伯父貴を恐れていた……」

どれだけ待っても山賊団の話にならなかった。ジョイスの友人たちは丁寧にも、音を立てずにそっと僕らの家を後にした。父さんはキャンティのボトルを二本空け、たくさんのことを話し、それでもミンゴの伯父貴と山賊団の詳細は闇に包まれたままだった。じきに日付けが変わろうかというころ、ジョイスはそっと二階に上がった。電気スタンドの仄かな光が、居間に腰かける僕たちを照らしていた。父さんはゆっくりと、果てしなくゆっくりと眠りに落ちた。僕は父さんの体を揺すり、けれど父さんは夢うつつで、僕は父さんの腕を肩に巻きつけ二階にのぼった。父さんを客人用の寝室に連れていき、服を脱がせ、上下の肌着姿の父さんを毛布でくるんでやった。

僕の仕事はまだ終わっていなかった。朝になれば、父さんが物語について尋ねてくるだろう。僕は自分の部屋に行きタイプライターの覆いを取った。冒頭に日付けを記し、手紙の形式で書きはじめた。

もうすぐ生まれる僕の子供へ

今夜、きみのお祖父さんが僕に「ミンゴの伯父貴と山賊団」の話を聞かせてくれた。「ミンゴの伯父貴」はきみの曾－曾－伯父さんだ。きみのお祖父さんに頼まれて、僕はこのお話を書いている。お祖父さんはこの物語を、長く残したいと思っているから。いつの日かきみにそれを読んでもらえるよう、そして出来れば、それを楽しんでもらえるように……

二〇分もあれば書きあがるだろうと僕は思っていた。けれどやがて、錯綜とした逸話の森から、物語の核のようなものが頭をもたげてきた。文章が骨格を獲得し、はっきりとしたリズムが生まれた。午前四時、煙草の煙に歯を焦がしつつ、僕はまだタイプライターを叩いていた。くそったれ、なにが子供だ、俺はこいつを『サタデー・イブニング・ポスト』に売りつけてやる。僕には夜通し父さんのいびきが聞こえていた。父さんが起きあがり、うめき、トイレに行く足音が聞こえた。廊下はいやに騒がしく、たくさんの足がぱたぱたと音を立てていた。父さんがトイレを占領していないときは、代わりにジョイスがそこにいた。この二人が、自分の部屋とトイレのあいだを絶えず行き来しつづけていた。一度、廊下を早足でうろうろしている音が聞こえた。トイレの順番を待っているジョイスの足音だった。肌着姿の父さんがトイレから出てきた。二人は互いの姿を見交わし、夢遊病者めいた笑みでもって無言の挨拶を交わしたあと、それぞれの目的地へ歩いていった。

僕が一階に下りたときには正午をまわっていた。僕は二〇ページにおよぶ短篇を携えていた。イタリアのとある山賊、赤髪の英傑を主人公とする物語だった。父さんはダイニングルームにいた。テーブルに広げた製図用紙に顔を近づけ、鉛筆と定規で作業していた。

「ほら、父さん。ミンゴの伯父貴の物語だよ」

僕は原稿を製図用紙の上に放った。父さんは紙を拾って僕に返した。「赤ん坊のために、しまっとけ」

「でも、読まないの？」

「俺が読んでどうする？　いいか、息子よ、俺はそれを生きたんだぞ」

5

ジョイスのいつもの気まぐれだ、時間とともに忘れ去られる思いつきだ。僕はそう考えていた。ところが今や、現実は誰の目にも明らかだった。妊娠してからというもの、ジョイスは信仰に惹きつけられ、改宗への切迫した欲求を感じるようになっていた。ジョイスの思いは、赤ん坊の成長とともに強まっていった。はじめのうち、ジョイスはそれを隠していた。自分自身にたいしてさえ、認めようとしていなかった。けれど、そうした欺瞞はジョイスの心理を鬱屈させた。そこでジョイスは読書を始め、自身の欲するものを追求した。結果として、謎めいた衝動はなおのこと激しくなった。そのことを、ジョイスは僕に知らせずにいた。僕が北にいるあいだに、ひとりで決断をくだしてしまった。要するに、ジョイスはカトリック信徒になるつもりだった。

ジョイスは熟れきった果実だった。まるまると大きく、汁をたっぷり含んでいた。ジョイスの灰色の瞳は、腹のなかの赤ん坊もろとも、見るものを貪りつくす。ジョイスを長いあいだ見つめていると、幻惑に絡めとられ、深いところで溺れているような気分になる。僕が溺れている水底では、信仰への熱情が波打っている。ジョイスはたびたび、僕のほうをじっと見つめてきた。とはいえ、ジョイスが見ているのは僕ではなく、僕の背後の虚空だった。なにやら精神的な夢想にふけっているみたいだった。正午には、教区の聖ボニファキウス教会の尖塔から、お告げの祈りが聞こえてきた。ジョイスはそれを耳にするなり、本だろうが、櫛だろうが、ぞうきんだろうが、持っているものをただちに手から滑り落とし、お告げの祈りをともに唱えた。僕は居心地が悪かった。

「なにを嫌がることがあるの?」ジョイスが言った「解放された気持ちになるわよ。試してみたらいいのに。ここで、あなたの家のなかで」

食事の前、ジョイスはかならずこう言った「さぁ、感謝の祈りを捧げましょう」僕が父さんに眼差しを向けると、父さんは肩をすくめてみせた。そして僕らは、感謝の祈りが終わるまで、食卓の皿を間の抜けた様子で見つめていた。ジョイスは本気だった。何時間も部屋で過ごし、ベッドで煙草をくゆらせつつ、生の儚さについて思索をめぐらせていた。僕にはよく分からなかった。間近に迫る出産が、死を考えるきっかけになったのかもしれなかった。ある晩、昔日の情熱が甦るのを感じた僕は、ベッドに横たわるジョイスにそっと近づき、ジョイスの体を抱き寄せた。ジョイスは眠っているようだった。それから目を覚まし、ベッド脇の明かりをつけ、肩ひじをついて頭を支えた。僕を見下ろすジョイスの瞳から、暖かな敬神の蒸気が立ち昇っていた。

「あなたには克己《こっき》の実践が必要ね」ジョイスは微笑んだ。「そうすれば、あなたはとても強くなれるわ」

「強くなりたいやつなんているのかな?」

「今日はこんな詩を読んだの。

〈あらゆる天空のあらゆる歓びを集めなさい
終わりない歳月をとおして、その歓びを増やしなさい
天国で過ごす一分は、その歳月のすべてに等しいから〉」

僕は静かに身を引いた。状況が許すかぎりの、名誉ある撤退だった。自分のベッドへ這って戻り、いったいこの話はどこに行き着くのかと自問した。

信仰にまつわる教えを授かるために、ジョイスは週に二度、聖ボニファキウスの司祭館に通った。ジョイスはカテキズムと、司祭から渡された簡素な小冊子を読んでいた。けれどそれだけでは足りなかった。ジョイスは飽くことを知らない読み手だった。次々とページをめくり、主題にかんするあらゆる議論をむさぼり食った。教会法、アクイナス、トマス・ア・ケンピス、アウグスティヌス、教皇回勅《かいちょく》、それに『カトリック百科事典』をジョイスは読みふけった。

ある日の夕方、僕がバスタブでくつろいでいたとき、ジョイスが浴室のドアをノックして中に入ってきた。

「あなたは自由意志を信じる?」

この質問なら答えられる。少年時代に学校で読まされたカテキズムの内容を、僕は記憶から呼び起こした。

「もちろん、自由意志を信じてるよ」

「でも、白痴に自由意志はあるかしら? 狂人はどう?」

それはカテキズムには書いていなかった。

「白痴のことは知らないよ」

ジョイスの顔が晴れやかに輝いた。

「ところがわたしは知ってるのよ」

「そうかい、それはよかった！」

ジョイスが洗礼を受けるのは、出産予定日の数日前ということになった。だいたい四週間後だった。ジョイスは守護聖人の選定に没頭した。それは一筋縄ではいかない作業だった。ジョイスは聖人のリストを精査し、何百という候補から二名まで絞りこんだ。聖エリサベトと聖アンナの二択だった。僕はこの件に巻き込まれたくなかった。けれどジョイスは四六時中、守護聖人のことばかり話してきた。

ついに僕は言った「聖テレーズじゃだめなのか？ 世界中で人気のある聖女だしさ」

「有名すぎるわ」ジョイスが言った「分かりやすくて、神秘性に欠けるのが問題ね。それに、聖テレーズはすごく平凡な女性でしょう……個人的には、聖エリサベトに傾いているの。彼女はとても裕福で、とても美しい女性だった。しかも、文章を書くことも得意だったのよ。わたしは聖エリサベトをとても身近に感じる。この世界の誰よりも、彼女はわたしを深く理解してくれると思うの」

「すごいじゃないか、完璧だな」

ジョイスが僕に笑いかけた。甘美にして寛容なる微笑みだった。

「あなたにばかにされても気にしません。わたし、もう慣れたから」

「ばかになんかしてないよ。僕はただ、巻き込まれたくないだけなんだ。自分の問題だけで手いっぱいだからね」

「あなたはいつも、わたしの祈りのなかにいるのよ」ジョイスが言った「あなたがどれほど多くの問題を抱えているか、わたしにはよく分かるわ。かってはわたしも、あなたと同じだったのね」

「頼む、やめてくれ」

「あなたのために、わたしは祈ります。赤ちゃんのために、世界の平和のために、わたしは祈ります」

ジョイスは不意に、抗しがたい魅力を発散させた。僕はジョイスに飛びかかった。ところが、僕が得た見返りはというと、大きな音のする頬へのキスだけだった。そのあいだ、ジョイスの白い風船が僕の胃をつついていた。

ジョイスは買い物に出かけ、いくつかのロザリオと、聖エリサベトの像と、たくさんの十字架を購入して戻ってきた。聖水を入れる小さなびんもあった。寝室の扉の内側、手を伸ばせば楽に届く場所に、ジョイスは銅製の聖水盤を取りつけた。これで、部屋に入るときはいつでも、聖水で十字を切ることができるようになった。部屋の隅の小物を飾るための棚の上に、聖エリサベトの像が安置された。ジョイスは像の前に花を盛り、ろうそくに火を灯し、聖人伝の読書にいそしんだ。

僕は父さんに言った「ジョイスはカトリックになるつもりなんだ。これ、どう思う?」

「良いことだ。じつに立派だ」

「どこが良いんだよ?」

「悪いのか?」

「僕は計画性をもって家庭を築きたいんだ」

「なら、計画しろ。進め。赤ん坊だ」

「もちろん、赤ん坊は欲しいよ。たくさん欲しいよ。でも僕は、自分が欲しいときに欲しいんだよ、父さん。教会は出産計画を認めてないんだよ、父さん」

「出産計画？」

「つまり、赤ん坊が生まれるのをとめられないんだよ。次から次へと生まれるんだよ」

「悪いのか？　良いことじゃないか」

「僕らはもう百姓じゃないんだよ、父さん。どこかでとめなけりゃいけないんだよ」

父さんは顔をしかめた。

「お前の口の利き方が気に食わん」

「どのタイミングで子供を作るか、今の夫婦は好きに決められるんだよ」

「息子よ、人の話を聞け。俺はそんな計画は気に食わん」

「想像してみてよ。金もないのに赤ん坊が生まれるんだよ？」

「だったら金を稼げ」

「それはきついよ、父さん」

父さんは拳を持ち上げ、指を開き、僕のシャツをひっつかんだ。

「きついわけあるか。俺の孫のためなんだぞ。いいからほっといてやれ。好きなように出てこさせてやれ。孫たちには、お前と同じだけの権利がある」

僕は父さんの手を振り払った。

「権利は関係ないんだよ、父さん。これは経済の問題なんだ」

「その手の本を読むのはやめろ」

「本？　なんの本だよ？　そんなにたくさんの赤ん坊、僕には面倒見きれないよ」

「俺たちだって金はなかった。俺と、お前の母さんだ。一人を育てる金もなかった。それでも四人を育ててあげた。金もないのに育ててあげた。少しはあったが、じゅうぶんにあったことは一度もなかった。俺が薬局の売り物を使って、お前も、お前の妹も弟たちも、この世に生まれてこない方がよかったか？　俺とお前の母さんが、この世で二人だけでいる方がよかったか？　お前はなにがしたいんだ？」

それを言われてしまうと、僕には返す言葉がなかった。

「詰まるところ、父さんは信心深い人なんだろうね。父さんはほんとうは信じてるんだ」

「孫だ。俺が信じてるのは孫だ。その手の本を読むのはやめろ」

ジョイスは本気で、改宗への情熱をたぎらせていた。暇さえあれば、ロザリオの祈りを唱えながら、聖エリサベトの像の前を行き来していた。半開きの扉から、前へ後ろへ歩きつづけるジョイスが見えた。ジョイスとお腹の赤ん坊が見えた。ジョイスの唇がロザリオの祈りを唱えていた。鏡の前で、腹を膨らませたり引っこませたりしている自分の姿を、ジョイスの瞳が見つめていた。

ある朝、ジョイスが僕といっしょにガレージに出てきた。

「分かっていると思うけど、一日でも早く結婚式を挙げないとね」

「結婚式はもう済ませたよ。リノまで行って、法務官に立ち会ってもらったじゃないか」

「それは民事婚よ。わたしの考えでは、それは式のうちに入らないわ」

「僕の考えでは、それも式のひとつだよ」

「わたしは婚姻を聖別してもらいたいの」

「つまりきみは……この数年間ずっと、僕たちが姦淫を犯していたと言いたいのか?」

「式はわたしの洗礼のあとにしましょう。きっと素敵な結婚式になるわ。死が二人を分かつまで、わたしたちはずっと夫婦のままよ」ジョイスは微笑んだ「あなたはもう、けっしてわたしと離婚できません」

これから子を産もうという母親と口論してはいけない。できるかぎりのことをして、彼女に幸せでいてもらうことが大切だ。夫は妻の眼差しのなかで、かつての権威を失墜させる。夫はもはや、かろうじて我慢してもらえる存在にすぎない。夫の演じる役は取るに足らず、妻が舞台のスターとなる。夫は素直に降参すべきだ。なぜなら脚本にそう書いてあるから。さもなければ、夫は妻の心をかき乱し、妻に苦悶を味わわせ、結果として子供の心をかき乱してしまう。

「なぁ、僕にどうしてほしいんだ? きみの言葉で、僕にどうしてほしいのかはっきりと説明してくれ」

「近いうちに、ゴンダルフォ神父があなたに会いに来るわ。わたしの先生よ。わたしはあなたに、神父さまと話をしてほしいの」

二日後、ジョン・ゴンダルフォ神父が僕たちの家にやってきた。その日の夕方、神父はジョイスや父さんといっしょに、家の居間で僕を待ち構えていた。ゴンダルフォ神父は硬派にして一徹な人物だった。かつては南太平洋で、海軍付きの司祭をしていたという話だった。神父は一時間以上も僕の帰りを待っていた。神父は暑さのために上着を脱ぎ、白いTシャツ姿になっていた。分厚い胸板にそそり立つ黒い毛が、シャツの生地を貫いて外に飛び出していた。神父の腕はレスラーのそれのようにたくましかった。教区のガレージの壁を使って、常日頃からハンドボールに励んでいるおかげだった。司祭としてはまだ若く、四十歳かそこらに見えた。浅黒い顔はシチリア人風で、鼻は平たく、船乗りのような髪型をしていた。サンタ・クララ大学のフットボールチームでプレーしている、ガードかタックルの選手のような外観だった。僕は神父の顔を一目見るなり、彼も僕と同じように、イタリア系の末裔であることを悟った。互いの体に流れるイタリアの血が、僕らのあいだに荒々しい親近感を打ち立てた。握手するとき、神父はものすごい力で僕の指関節を握りしめてきた。

「もう五時半だぞ、ファンテくん。今までどこにいたのかな?」

仕事をしていたと僕は答えた。

「仕事は何時に終わったんだ?」

四時を少し過ぎたころだと僕は答えた。

「四時? では、それからの一時間半、きみはどこにいたのだろう?」

ルーシーの店でハイボールを飲んでいたと僕は答えた。

「きみは奥さんが妊娠していることを知らないのか?」

ジョイスは大きな椅子に腰かけていた。その膝には健やかな小山が気怠そうに横たわり、軽く開かれた両足が小山の重みを支えていた。ジョイスはジョン神父を崇敬していた。

父さんは、神父にたいしてはジョイスと同じく敬意を示す一方で、僕にはかすかな敵意を発していた。

「ここで、きみの自宅で飲むことに、なにか不都合があるのかな？」ジョン神父が言った「ここにはきみの奥方がいる。称讃に値するこちらの男性、すなわちきみの父上がいる。自宅で飲もうと、考えてみたことはないのかい？」

僕は神父の肩幅の広さと、瞳のあまりの黒さに驚嘆していた。「神父さま、大丈夫です。僕は家でも飲んでます。しょっちゅう飲んでます」

「今は自らにたいし、賢明に振る舞うべき時だよ、ファンテくん」

「もちろんですよ、神父さま。でも……」

「青年よ、わたしと議論するつもりではないだろうね。わたしのことを、ホーボーケンの渡し船から降りてきたばかりの男だとでも思っているのか？」

僕は誰とも議論したくなかった。僕はジョイスに視線を向けた。どうやらジョイスは、ジョン神父のあやふやな訓戒に深く魅了されているようだった。この瞬間、ジョイスは僕にひとかけらの好感も抱いていなかった。それは父さんも同じだった。父さんはワインボトルの前に坐り、唇を湿らせつつ、神父の言葉を聞いて思慮深げに頷いていた。

ジョン神父は活力に満ちた両手を打ち合わせ、乱暴に揉みしだき、そして言った「さて、本題に入るとしよう。ファンテくん、きみの奥方は神聖なるローマ・カトリック教会の一員になろうとしている。なにか不服はあるかい？」

「なんの不服もありませんよ、神父さま」

それは簡明なる事実だった。僕にはなんの不服もなかった。できることなら、別の機会にしてほしかった。できることなら、その決断をしばらく先送りしてほしかった。けれど、それはまた別の問題だ。

「それで、きみはどうする？　こちらの父上は、素晴らしく偉大なこの男性は、きみが優れたカトリック教育を受けられるよう粉骨砕身してきたそうだね。ところが今、きみは本を読んでいる。そして、あろうことか、本を書いてさえいる。ファンテくん、きみはわれわれ教会に、なんの不満があるのだろう？　きみがたいへんに聡明であることは分かっている。どうかわたしに話してくれ。わたしがすべて聞き届けよう」

「教会にはなんの不満もありませんよ、神父さま。ただ、僕の考えでは……」

「あぁ、そうか！　聖なる父の無謬性《むびゅう》が問題なんだな。すなわちきみは、信仰と道徳の両面で、ローマ教皇はほんとうに無謬であるのか知りたいわけだ。ファンテくん、ただ一言できみの疑問を晴らしてみせよう。教皇は無謬である。さて、ほかに気になることはあるかい？」

僕は父さんの様子を窺った。父さんはボトルをつかみ、ワインをぐびぐび喉に流しこんでいた。ジョン神父から突然の襲撃を受け、僕は身動きが取れずにいた。早急に心の平静を取り戻す必要があった。

「でも、神父さま、聖母マリアの処女性は……」

「聖処女マリアについてはわたしが話そう、ファンテくん。いかなる曖昧さもなしに、きみは得心するだろう。神の母であるマリアは、罪を犯すことなく懐胎し、死後は天に昇られた。きみほどの知性を備えた男なら、もちろん理解できるはずだ」

「えぇ、神父さま。ひとまずその点は認めますよ。だけどミサの聖別は……」

「聖別をとおして、パンとワインはキリストの肉と血に変化する。なにを悩むことがあるんだ?」

「なら、神父さま、告解に行くときは……」

「キリストは、信徒の罪を赦す力を司祭に授けた。キリストはこう言ったのだ〈精霊を受けなさい。だれの罪でも、あなたがたが赦せば、その罪は赦される。だれの罪でも、あなたがたが赦さなければ、赦されないまま残る〉これは福音書に記されている一節だ。自分で読んでおきなさい」

「言いたいことは分かりますよ、神父さま。でも、原罪の教義は……」

「ほぉ! そうきたか! 原罪の意味を説明しよう。原始の両親の子供として、われわれは罪のうちにあるといえる。だから人は、栄光ある洗礼の秘蹟を受けるまで、罪を犯した状態にとどまるのだ」

「えぇ、神父さま、分かってます。だけど、キリストの復活は……」

「復活? 頼むよ、ファンテくん、ひどく単純な話じゃないか。われらが主キリストは十字架に磔《はりつけ》にされ、後に死から甦った。それは主が、主のすべての子供たちと取り交わした、不死の約束だったからね。それともきみは、犬のように野垂れ死んで、永遠に忘却へ追いやられることを望むのか?」

僕はため息をつき、腰を下ろした。これ以上はもう、なにも言うことがなかった。父さんはワインボトルを置き、喉を整え、口元に小さな笑みを浮かべた。瞳の奥に、奇妙な熱が宿っていた。葉巻の灰が膝の上に降りかかり、秩序のない白い模様を描いていた。

「そこの小僧は本を読みすぎるんです、神父さま。俺はずっと注意してきたんですがね」

ついに僕は〈そこの小僧〉に成り果てた。

「でも、僕は読むのが好きなんだよ、父さん。それは僕の商売の一部なんだ」

「本ですよ、神父さま。出産計画です。俺にそう言ったんです」

「出産計画?」ジョン神父は首を振り、悲しげな笑みを浮かべた。「カトリック教会における出産計画についてきみに話そう。そんなものは、存在しないよ」

「俺からも言いました、神父さま。〈そんな計画は気に食わない〉と言ってやりました。こちらのお嬢さんは悪くありません、神父さま。お嬢さんはプロテスタントだ。知恵が回らなくても無理はない。問題はこいつです。こいつは俺に言いました〈自分は家庭を計画したい〉ほんの数日前のことです。俺に、父親であるこの俺に、こいつはそう言ったんです」

「たしかに似たようなことを言ったよ」僕は認めた「でも、僕が言いたかったのはこういうことです、神父さま。僕の収入は……」

「聞きましたか?」父さんが割りこんできた「こいつらが結婚してから、じきに四年になります。それだけの時間があれば、二人くらい生まれてたっておかしくない。男の子と女の子だ。俺の孫だ。神父さま、ここに孫はいますか?　二階へどうぞ。ぜんぶの部屋を見てきてください。ベッドの下も、戸棚の中も。どこにも孫はいやしない。ちっちゃなニッキーとちっちゃなフィロメーナ。ニッキーはもう三歳で、祖父さんとお喋りしてる。娘のほうは、ちょうど歩きはじめたころだ。孫が見えますか、神父さま？　裏庭に行ってください、ガレージを見てきてください。いいや、見つかるわけがない。ここに孫はいないんだ、ぜんぶこいつが悪いんだ！」爪の割れた右の人さし指で、父さんは僕を指さした。

「やめろよ、父さん」

「やめないね。俺はそいつらの祖父さんだ。だから俺は知りたいんだ。ニッキーはどこだ？　フィロメーナはどこだ？」

「僕が知るわけないだろう？」

ジョイスが父さんに近づいていって、父さんの隣に坐った。大きく赤い父さんの手を握り、静かな声で語りかけた「お腹のなかのこの子のほかに、お義父さんの孫はいないんです。誠心誠意、誓います」

父さんをあしらうには、これはまずいやり方だった。父さんに、感傷におぼれるきっかけを与えてしまうから。思ったとおり、哀しみの波が父さんを襲い、父さんの顎が震え、いきなり瞳が潤みはじめた。僕はジョイスに目で合図を送ろうとした。経済的な余裕ができるまで、僕がジョイスの妊娠に反対していたことは事実だった。金がなくても子供が欲しいと、ジョイスが僕に訴えかけていたことも事実だった。けれど僕は、そうした時間を実体のある人間のごとく捉えたり、そうした時間に名前をつけたりしたことはなかった。腹に宿らずに終わった赤ん坊について、思いを馳せたことはなかった。そして今、僕はジョイスの顔に喪失を、小さな絶望を読みとっていた。この世に生まれてこなかった孫をめぐる、父さんの湿っぽい演説のせいだった。

「俺は俺の血と話してるんだ」父さんがつづけた「けっして会えない、二人の孫だ。だけど二人はどこかにいるんだ。そいつらの祖父さんは悲しいんだ。だって祖父さんは、コーンに乗ったアイスクリームを、二人に買ってやれないんだからな」

父さんはすすり泣いた。大きな拳で目をこすり、涙を外に押し出していた。もういちどワインボトルをぐいと呷り、父さんは立ち上がった。父さんは全身で、さまざまな心理を表現していた。口をぬぐい、葉巻の煙を吐き、涙を流し、ワインを味わい、絶望にくれる祖父という自身の役まわりに喜びを見出し、存在しない赤ん坊のために胸を痛めていた。ジョン神父が父さんの体に腕をまわし、無骨な愛情をもって父さんを抱擁した。二人はイタリア語で別れの挨拶らしき言葉を囁いた。眠って酔いをさますため、父さんはよろめきながら二階に上がった。顎を突き出し、胸を張り、自らの部屋を目指して勇敢にのぼっていった。勝ち誇るようにのぼっていった。

少しのあいだ、誰も口を開かなかった。ジョイスがハンカチで、目と鼻を軽く叩いていた。

「ワインのせいだよ」僕は解説した「ワインを飲むと、やたら感傷的になるんだ」

「それで、きみはどうする？」司祭が訊いた。

僕は肩をすくめた。「最善を尽くしますよ」

「どうか頼むよ……」

そろそろ別れの時間だった。神父は父さんに憐れみを抱いていた。僕は神父が黒い綾織りのコートを着るのを手伝った。僕たち三人は外に出て、芝生を横切り神父の車まで歩いていった。僕たちは握手を交わした。

「お父上と話すときは、言葉に気をつけなさい」神父は僕に忠告した「とても感じやすい人だから」

「分かってます」

「きみが教会へ立ち返るよう願っている」

「努力しますよ、神父さま」

ジョイスと僕は、ウィルシャー大通りに入っていく神父の車を見送った。行き交う車が轟音を響かせる夕暮れ時の大通りは、水かさを増した春の川のようにも見えた。僕たちは一言も喋らずに家に戻った。ジョイスは僕のあとにつづいてキッチンにやってきた。カクテルでも飲もうと思い、僕は氷を取り出した。マティーニを用意する僕の様子を、ジョイスは黙って見つめていた。

「今日の面会、ためになったか？」

「えぇ」

「あの神父は司教にはなれないな。あれは出世には縁がないよ」

「でも、あの方はまさしく聖人だわ。素朴で、誠実で、けっして疑いを抱かない」

「素朴だね、実際のところ」

「あの方には信仰がある」

「どこで神学をかじったんだか」

ジョイスはため息をついた。「たしかにね。神父さまは神学については問題があるみたい。キリストの神秘体について説明できなかったの。神秘体なんて初耳だそうよ。あの方は実のところ、カルバン主義者に近いんだわ。だって予定説を信じてるんだもの。神父さまの思い込みを正してあげたくて、先週からずっと説得してるのに、いまだに分かってもらえないの」

わが子の宿りし胎に幸あれかし!

僕はジョイスにキスをして、いっしょにマティーニを飲んだ。ジョイスはグラスを傾けつつ、物思わしげな表情を浮かべていた。なにかがジョイスの心を乱していた。窓の外は夕闇に覆われていた。ジョイスはカクテルを持って居間に向かった。少ししてから、僕はジョイスのあとを追った。陰に沈む部屋のなかに、僕はジョイスの姿を探した。ジョイスは窓辺に静かに腰かけ、声を立てずに泣いていた。僕は驚きに打たれた。

「おい、どうした?」

「男の子と女の子のこと。お義父さんの言うとおりね。わたしたち、どうして子供を持たなかったのかしら」

6

二週間が過ぎた。ついに父さんは、家の仕事を始めることに決めた。それはたいへん喜ばしい決断だった。キッチンの床の穴をふさぐむき出しの木材に、僕たちはうんざりしていた。湿り気を帯びたおぞましい悪臭が隙間から立ち昇り、てきとうに処理された木材の縁にしょっちゅう誰かがつまずいていた。掃除を頼んでいる女中は手に切り傷を作り、床が修理されるまで雑巾がけはしないと宣告した。穴からは忌まわしい存在が這い出てきた。毎朝きまって、キッチンに足を踏み入れた最初の人物が、不格好な茶色い昆虫による狂乱の行進に遭遇し、心臓を縮み上がらせた。ジョイスは保健省に電話して、化学薬品を処方してもらった。けれど、ＤＤＴには歩みをよろめかせる効果しかなかった。昆虫どもは広い背中を下にしてひっくり返り、陽気に足をばたつかせていた。夜になると、階下で蠢くやつらの足音が、ベッドのなかにいても聞こえてきた。むごたらしく放置されたキッチンを、連中はわがもの顔で徘徊していた。

たいてい、いちばん朝早くに起きるのは父さんだった。朝食は自分の分しか用意しなかったけれど、コーヒーは全員分を淹れてくれた。父さんは起きぬけの胃に、生卵の浮かぶグラス一杯の赤ワインを流しこむ。その珍味は、バルサミコ酢に漬けられた黄色い目玉のようだった。ジョイスはいちどだけ、父さんがこのご馳走を飲み下している場面に出くわしたことがあった。そのときジョイスは、最初で最後のつわりを経験したのだった。父さんは卵の殻を取っておいて、コーヒーを淹れるのに活用した。卵の殻はコーヒーの味を良くすると言われていた。ジョイスと僕はコーヒーにかんしては、妥協を知らない求道者だった。何年にもわたってあらゆる手法を試した末に、ドリップ式がもっとも自分たちの好みに合うことを突きとめていた。新鮮な豆を挽き、ひとつまみの塩を加え、熱いけれど沸騰はしていないお湯を注ぎいれる。それは僕たちが執り行う、毎朝の小さな儀式だった。けっして失敗しないやり方だった。いつもかならず、求めているものが手に入った。爽やかな朝と、旨いコーヒー。

父さんの淹れ方はだいぶ違った。まず、拳ひとつかみ分のコーヒーの粉をすくいとり、水を張った鍋に放り入れて火にかける。煎じている最中に先ほどの卵の殻を加え、もうしばらく沸騰させる。こうして、コーヒースープとでも形容すべき代物ができあがった。獰猛なコーヒーで、生クリームを注いでもほとんど色が変わらなかった。かき混ぜると砂利のようなものがスプーンにぶつかり、怪しげな粒が浮かんでは消えた。火の通った卵白が眼前を漂い、そのコーヒーを飲んでいるあいだ、僕らはずっと卵の殻を吐き出しつづけた。要するに、乱雑のきわみだった。ジョイスと僕は礼儀正しく、父さんのコーヒーを堪能している振りをした。家を出たあと、僕は仕事場でまともなコーヒーを飲みなおした。気の毒なのはジョイスだった。ジョイスはコーヒーを愛していた。ドリップ式の旨いコーヒーを飲むためには、父さんより先にキッチンへ駆け下りていかなければならなかった。

あの朝、父さんは作業着姿だった。つまり、前日までと同じ服装でありながら、ネクタイだけがなくなっていた。仕事を始めるために外したとしか考えられなかった。裏手のポーチに、父さんの仕事道具が広げられていた。左耳に鉛筆をはさみ、石工用の定規を持って、父さんは継ぎの当てられた穴の前に立っていた。目を細め、深遠な思索にふけっているらしい顔つきで、葉巻の煙ごしにキッチンの床を見つめていた。ジョイスと僕は感謝の微笑みを浮かべた。待ち望んでいた仕事がついに始まる。話しかけるべき時ではなかった。僕たちは二人とも、この瞬間の重要性を理解していた。父さんはすでにコーヒーを用意したあとだった。熱に焼かれたコーヒーの臭気が、あたり一面に浸潤している。ジョイスはカップとソーサーを取り出し、そっとテーブルの上に置いた。父さんは定規を開き、何ヵ所か寸法を測っていた。傍目で見ている僕たちには、その計測がなにを意味しているのかさっぱり分からなかった。父さんは口から葉巻を抜きとり、ちぎれた先端を噛みしだきながら、大きな声で独りごちた。「二の一〇だな」父さんは定規を閉じた。「こいつは間違いなく、二の一〇だ」

「父さん、横木のことかな?」僕は尋ねた。

僕の介入が、父さんの澄んだ思索になにがしかの影響を与えた。父さんはゆっくりと振り返った。

「俺はお前に、話の書き方を教えてやったことがあるか?」

「ないよ、父さん」

「だったら人の仕事に口を出すな」

父さんは仕事道具を取りに出て、鉄梃《かなてこ》を手に戻ってきた。耳を裂くような音とともに釘を抜き、穴をふさいでいる板を二枚だけ引きはがした。うつぶせになり、頭をすっぽり穴に入れた。視界は不鮮明だった。父さんはさらに二枚の板をはがし、全身を床下に潜りこませた。三分か四分のあいだ、僕らの前から完全に姿を消した。

「手慣れたもんだね」僕が囁いた。

「すごく入念だわ」

床下の探索を終えたとき、父さんの帽子と葉巻には蜘蛛の巣が引っかかっていた。早口でなにか呟き、手で乱暴に顔をこすって、父さんは穴から這い出してきた。

「二の二だ」父さんは言った「どういうわけだ？」

「父さん、横木のことだろ？」

父さんが僕を睨んだ。

「ここでお前が床を直すか？　俺が話を書いてやろうか？」

「訊いてみただけだよ、父さん」

うつろな視線を漂わせ、父さんは僕に背を向けた。「二の一〇で問題ないはずだ。支柱をいくぶん持ち上げるだけだ。どうしてこんな造りにしたんだ？」

「父さん、どんな造りなの？」

返事はなかった。父さんは窓辺に近づき、ガレージから伸びる車道を見つめた。

「二の二だと？　くそったれ、四の四じゃまずいのか？」

父さんは裏手のポーチに早足で歩み去り、金槌《かなづち》を持って戻ってきた。板を穴の上に置きなおし、金槌で釘を打ちつける。道具を集め、工具袋のなかに放りこむ。それから、なにも言わずに裏庭に引っこんでしまった。僕は仕事に行くためにガレージに出た。日よけの下に坐っている父さんが見えた。父さんは顎をさすっていた。ひどく落ち着かない様子だった。

「父さん、なにか問題あるかな?」

父さんは葉巻の欠片を吐き捨てた。

「話を書きに行け、息子よ」

昼過ぎ、ジョイスがスタジオに電話をかけてきた。

「帰ってきたら、びっくりするわよ」

けれど、僕にとっては少しも驚きではなかった。なぜって僕は、父さんの働きぶりを知っているから。突然に、劇的に、すべてを成し遂げてしまう人なのだ。

「カリフォルニアには、父さんの右に出る職人はいないよ」僕は言った。

「お義父さんは天才ね」

いいや、父さんは天才ではない。それでも、天賦の素質を感じさせる何かはある。慎重な思案の末に、活力に満ちた資質が果実をもたらす。五十年にわたり建築業に従事してきた結果、父さんはこの分野における名匠の域に到達していた。僕は車を急がせた。キッチンに立ち、思索に沈み、僕の質問をうるさがっていた今朝の父さんを思い起こした。あの光景は、僕を少なからず不安にさせた。僕が考えていたよりも、白蟻の被害は大きかったのだろうか? すべて杞憂だったことは、今や火を見るよりも明らかだった。活力を横溢させ、迅速に、俊敏に、父さんは仕事を終えた。電話口に響く声から、ジョイスがたいそう喜んでいることが伝わってきた。自分の家と自分の父親にかつて抱いていた心地よい感情を、僕はあらためて取り戻した。主よ、今日まで父さんが生きていたことに感謝します！　主よ、父さんをこの地上になおも長く留まらせ、感謝と讃嘆を示す機会をこの僕に与えてください。家まで車を運転し、ガレージに鍵をかけ、裏手のポーチからキッチンへ急ぐ途中、僕はかかる感情に満たされていた。

床は修理されていなかった。今までどおり、パイン材のざらついた板が穴を覆っている。なにひとつ変化はない。けれど表玄関の方から、なにかを叩く音が聞こえてきた。鋼鉄製の道具が漆喰を砕いているような、くぐもった響きだった。僕は居間で二人を見つけた。父さんとジョイスが、暖炉を破壊していた。砕け散るれんがと漆喰から、埃が勢いよく噴き出していた。二人は気が触れたのだろうか？　金槌を振るジョイスと、鉄梃を自在に操る父さんが、力を合わせて暖炉のれんがに襲いかかっている。ジョイスは頭にスカーフを巻いていた。顔は煤と埃まみれだった。絹地の妊婦用スラックスは緑色で、ブラウスは黄色だった。顔は骨折りのために熱を帯び、赤色に染まっていた。父さんは黙々と作業していた。口に葉巻をくわえたまま、鉄梃をゆっくり動かし、壁から引きはがしたれんがを無造作に床に並べている。家具は脇に退けられて、覆いをかぶせられていた。足もとに敷かれたキャンバス地が、床を傷から守っていた。

ようやくジョイスが僕に気づいた。

「おかえりなさい！」ジョイスが叫ぶ。

「おい、なにが起きてるんだ？」

「新しい暖炉を造ってるの」

「なぜ?」

僕の目は居間の惨状に釘づけになっていた。かつての暖炉は、見た目は平板で飾り気がなかったけれど、自らの役割はじゅうぶんに果たしていた。僕が前に試したときは、ちゃんと火がついたし、煙を出すこともなかった。もちろん、芸術作品と呼べるようなものではない。それでも、この家の居間にはぴったり調和していた。

「暖炉にはなんの問題もなかったじゃないか」

ジョイスは服についた埃を手で払った。「わたし、ずっと嫌いだったの。はじめて見たときから苦手だったの」

「でも、壊す前にひとこと言ってくれよ」

「どうして? どちらにしたって、取り替えなきゃいけないのに」

「どちらにしたって、取り替える必要はなかったんだよ」

「この暖炉は壊されて当然だ」父さんが言った。

「なにがいけなかったの?」

ジョイスの腹の、埃に覆われた突起に向かって、父さんは頷いてみせた。「そこにいる俺の孫に訊け。そいつはロサンゼルスの暖炉が気に入らないんだ。祖父さんの造った暖炉が欲しいんだ」

ジョイスは興奮してあれこれとまくしたて、デッサン用紙に描かれた父さんの設計図を見せてきた。

それは巨大な炉床を備えた暖炉だった。高さ六フィートに幅が一〇フィートあり、素材にはアリゾナ産の薄い敷石が使われることになっていた。継ぎ目は黒いモルタルで埋められ、分厚く頑丈な石板がマントルピースを形づくっている。設計図に書きこまれた詳細によれば、それは二人が破壊している暖炉のちょうど二倍の大きさだった。ほんとうに立派な暖炉だった。スイスの山荘や、貴族の狩猟小屋や、エルクス・クラブの集会所で見かけそうな逸品だった。

「このとおりに造るなら、壁の一部も壊さなけりゃいけなくなる」僕は言った。

「いいから俺に任せておけ」父さんが言った。

ジョイスは作業を再開した。

「きっと素敵な暖炉になるわ。大きくて、見栄えが良くて。とても暖かに、心地よく過ごせるわ」

「すごいな」僕は言った「気温がマイナス二五度まで下がった日や、雪が一八フィート積もってウィルシャーの交通が麻痺した日には、さぞ助かるだろうね」

「孫のためさ」夢見るように父さんが言った「千年先も使えるぞ。誰であろうと、何であろうと、この暖炉は壊せやしない。ロサンゼルスが滅びても、この暖炉だけはびくともしない」

僕はその光景を思い浮かべた。千年どころか、たった十年か十五年後に、僕らの家は取り壊される。跡地には駐車場が作られ、たくさんの車が出入りし、けれど車はいつだって、父さんの手がけた不倒の暖炉を避けて通る。なぜならその暖炉は、自らを破壊しようとするあらゆる試みを打ち負かすから。

「父さん」僕は言った「キッチンの床の穴は、いつごろ直してもらえるかな?」

「あれは俺の仕事じゃない。大工に頼め」

僕はこの件には反対だった。二人の行動は常軌を逸していた。気を揉ませる日々がつづいた。まず、家に資材が届いた。四トンの敷石、大量の砂、れんがの山、セメントの袋、そして木材が、表の芝地に積み上げられた。不安に満ちた日々だった。大きな穴の開いた家、自分をれんが積み工の助手と勘違いしている身重の妻、暖炉の建造に情熱を燃やす老人……

ジョイスを惹きつけているのはモルタルだった。父さんはモルタルを混ぜるための箱を組み立てた。石灰、セメント、砂、それに黒の染料を混ぜ合わせて作るモルタルに、ジョイスは抗いようもなく魅せられていた。キャンバス地の手袋と、広いつばのついたメキシカンハットが、いつの間にか用意されていた。ジョイスは一日中、鍬でモルタルを突き、捏ね、打ち、水を加えていた。泥団子を作っている子供みたいだった。靴やスラックスのいたるところに、モルタルが飛び散っていた。妊婦はモルタルを混ぜてはいけない。そんなことを勧めている本はどこにもない。無茶はするなと、僕はジョイスを戒めた。ジョイスはせせら笑った。無茶などしていないと言い張った。けれどジョイスのサンダルや、肘や、髪の毛には、隠しようのない黒い染みが残されていた。キャンバス地の手袋をつけているにもかかわらず、ジョイスの親指には水ぶくれができていた。

「レンジでやけどしちゃったの」ジョイスは嘘をついた。

父さんは力仕事を担当した。モルタルを混ぜ、それをバケツで暖炉の前に運び、中身を鏝板《こていた》の上に空けた。石を切り、手押し車の上に積み、暖炉の前に引いていった。れんがを扱うのも父さんの役目だった。けれどジョイスは、いつも父さんのあとを追いかけまわしていた。お気に入りの石を見つけると、大きかろうが小さかろうが、作業現場まで運んでいった。かわいらしい石だから、目に見えるところに置いてほしいとジョイスは言った。けれど石は重かった。ジョイスは石を押し、引きずり、しまいには持ち上げようとした。それからモルタルに戻っていった。

「ジョイスさん、少し水を足した方がいい」

ジョイスは少量の水を加え、モルタルを捏ねくりまわし、表面を平らにした。あるいは、椅子に腰かけ父さんの仕事を眺めているときもあった。すると父さんがジョイスに指示を出した。

「金槌」

「水準器」

「鏝」

ある日の午後、僕は玄関先の庭で、モルタルの箱の中からシャベルで砂をすくいだしているジョイスを見つけた。ジョイスの手は真っ赤だった。さすがに今回は言い逃れできなかった。僕から一〇フィートの距離にいて、シャベルを握り、こめかみには汗を滴らせていたのだから。僕はジョイスからシャベルを取り上げた。

「いい加減、馬鹿な真似はやめろ」

ジョイスは軽くあごを持ち上げ、早足で家のなかに去っていった。僕はジョイスのあとを追った。ジョイスは暖炉の前に立っていた。腕を組み、決まり悪そうに視線を泳がせ、僕と目を合わせないようにしている。

「こんなことをつづけていたら、そのうちきみは流産するぞ」

「誰が流産するって?」父さんが言った。

「重いものを持たせたり、シャベルで砂をすくわせたりしたくないんだ」

「別に体には悪くないさ」

「少しでも危険を減らしたいんだよ」

「体には悪くない。俺がアブルッツォにいたころは、女は赤ん坊を生むその日まで働いてた。洗濯したり、掃除したり、野良仕事したりしてな。母親にとっても良いことだ。筋肉を弱らせずにすむ」

ジョイスは父さんの方を向いた。

「少しの砂でもじゅうぶんなんだよ、父さん。一度か二度、シャベルで砂をすくうだけで危険なんだよ」

「一度や二度なら、少しも体には悪くない」父さんは横目でジョイスを見た。父さんの瞳に柔らかな喜びが満ちていった。

「立派な赤ん坊だ。祖父さんのかわいい孫だ」

「頼むよ、父さん。ジョイスは僕の妻なんだ。体を壊したらどうするんだよ？　ここはイタリアじゃない。ジョイスは力仕事に慣れてないんだ」

「ジョイスさんがお前の妻なら、そこにいるのは俺の孫だ。元気いっぱいの俺の孫だ」

二人は一丸となって僕に敵対していた。僕らのあいだを一枚の壁が、暖炉という名の壁が隔てていた。僕は夜のしじまのなか、爆弾の落下音のごとき鼾が聞こえてくる父さんの部屋の前を忍び足で通りすぎ、そっとジョイスの寝室に入っていった。ジョイスは教会法典から顔を上げ、うつろな眼差しを僕に向けた。僕が現れたことに軽く驚いてみせたあと、ジョイスはふたたび読書に戻った。

「気分はどうかな」

「とても良いわ」

「生まれるまで、もうすぐだね」

沈黙。

「もう、気にするのはやめたよ」僕は言った「男の子でも女の子でも、どっちでも構わない」

沈黙。

「これからは、いろいろ用心しないとだめだ」

ジョイスは本を脇に置いた。読書用の眼鏡を外し、奇妙な目つきで僕のことを見つめてきた。

「もしもわたしが死んだとしても、あなたはわたしの姉と結婚できない」

「きみの姉さんと結婚する気はないよ」

「姉はとても魅力的よ。それでもあなたは、けっして姉と結婚できない。なにがあろうと、けっして。それは教会が定めた法なのよ」

「そもそも、僕はきみの姉さんに興味がないよ」

「たとえ興味があったとしても、あなたにはどうすることもできないの」

「だから、ないって」

「とても良い法だわ。とても賢明な法だわ」

「もうすぐ死ぬかもしれないなんて、どうしてそんなこと考えるんだ？」

「死ぬつもりはないわ。わたしはさっき、〈もしも死んだら〉と言ったのよ」

不吉な言葉だった。ジョイスの心の奥底に、悲劇の予感めいたものが生じているのだろうか？　ジョイスの精神の秘められた一画になんらかの動揺が走り、教会法のその一節に魅了されるようジョイスを仕向けたのだろうか？　僕は状況を注意深く検討した。頭にスタンリー先生の顔が浮かんだ。さんざん先生を煩わせてきた過去さえなければ、僕はすぐにでも先生に電話したかった。あぁ、僕たちは狼の襲来を叫びすぎた。僕の女友達のなかに子を持つ母親がいたのなら、物を持ち上げるという愚行に走る浅薄な小娘について相談することができたのに。けれど僕はひとりも母親を知らなかった。たくさんの人妻を知っているのに、母親はひとりも知らなかった。

恥ずべき謀略の日々だった。なぜなら僕は、ジョイスが労働に励んでいる現場を押さえようとしていたから。モルタルを混ぜているジョイスの不意を突くために、僕はスタジオから帰宅するとき、南ではなく北の小道を通って車庫に入った。家から一区画も離れたところに駐車して、徒歩で帰宅したことさえあった。けれどあいにく、そのときジョイスは表の庭にいなかった。

そしてとうとう、僕はジョイスを現行犯でひっ捕らえた。あの日の午後、僕は二時に仕事を切り上げた。家からおよそ一区画のところまで車を走らせ、曲がり角に停車し、残りの道のりは徒歩で帰った。脇目も振らずに、僕はジョイスを奇襲した。ジョイスは山積みの石の横で膝をつき、小さな手で柄の短い金槌を握っていた。一片の敷石を力強く何度も打ちつけ、暖炉のための小さな欠片に砕いているところだった。獰猛な叫びとともに、僕はジョイスへ突進した。ジョイスの手から金槌がこぼれ落ちた。ジョイスはどうにか悲鳴を飲みこみ、家のなかへ走っていった。僕は柵を飛び越えてあとを追った。居間にジョイスの姿はなかった。暖炉の横に父さんがいた。手に鏝を握っていた。

「ジョイスはどこだよ?」

父さんは素知らぬ顔で肩をすくめた。

僕は階段をのぼった。ジョイスは浴室に閉じこもっていた。シャワーを浴びている音が聞こえた。僕はジョイスの寝室に入った。そこではすでに、ジョイスの人生でもっとも重要な出来事に向け、あらゆる準備が整えられていた。一週間前、ジョイスは産後の入院のために、ボストンバッグに荷物を詰めこんでいた。

口が開かれたまま台の上に置かれているバッグの中身を、僕はじっと覗きこんだ。櫛、ヘアブラシ、手鏡。置き時計。寝室用スリッパ。筆記用具箱。万年筆。室内着。丈の長い上着。マニキュアセット。コロン。数枚のハンカチと数本のピン。女の生活を形づくる、たくさんのこまごまとした物だった。部屋の隅には、出産祝いのパーティーでジョイスが受け取った品物が積み上げられていた。おもちゃ、哺乳瓶、毛布、ベビー服、小さな銀の皿、かわいらしいフォークとスプーン。寝室に隣り合っているガラス張りの一室を、ジョイスは子供部屋として使うつもりだった。そこにはベビーベッド、鏡つきの箪笥、ベビーカー、揺り木馬、人形が並べられていた。基調の色はピンクだった。女の子のためのピンクだった。ピンクのカーテンとピンクのリボンだった。

だったら女の子を産めばいい。けれど、男の子だろうと女の子だろうと、チャンスは与えてやってほしい、この世に生まれさせてやってほしい! 決着をつけるべき時がやってきた。バスルームの扉が開き、ジョイスが寝室に入ってきた。ジョイスは落ち着き払って僕を見つめた。シャワーが化粧を流し落とし、唇がくすんだ赤色になっていた。濡れた髪が掃除用のモップのように垂れ下がっている。

「どうかした?」ジョイスが言った。

「きみと話をしなけりゃならない」

「あら、そう?」

ジョイスは髪を梳かしはじめた。

「ばかげた真似はやめてくれ。重いものを持つな。石を砕くな」

「話って、それで終わり?」

僕はこの女の体を思いきり揺さぶってやりたかった。

「僕は決めたよ。今すぐやめろ。さもなきゃ僕は、この家を出る」

ジョイスは微笑み、濡れた髪を手で払った。

「いつでも好きなときに、出ていってくれて構わないわ」

「それがきみの答えなのか?」

「そうよ、あなた」

僕は憮然として寝室から出ていった。それがジョイスの選択だった。ジョイスがひとりで決めたことだった。けれど僕は出ていかなかった。こんな状況で出ていくわけにはいかなかった。機転と才知が必要だ。性急な決断をくだしてはいけない。自制と忍耐が必要だ。僕はこの家を出てはいけない。

7

それは当然の報いだった。ジョイスは二日後の晩、狂気に身を委ねた日々の代償を支払った。日付けが変わって一〇分もたったころ、ジョイスが僕の部屋に入ってきた。顔は蒼ざめ、瞳が大きく見開かれている。ジョイスの姿をひとめ見るなり、その時がやってきたことを僕は悟った。スタンリー先生は、今月の二十五日前後に陣痛が始まるだろうと診断していた。今夜はまだ十二日だった。けれど先生は、モルタルを混ぜたり石を砕いたりする過酷な労働を勘定に入れていなかった。

入口にもたれかかり、片方の手を腹の突起に、もう一方を額に当てて、ジョイスは言った「赤ちゃんが生まれそう」

僕はベッドから飛び起きた。ジョイスは痙攣に耐えて歯を食いしばっていた。苦しそうに息をしつつ、腕時計を見つめている。

「九分だわ。どんどん痛みが強くなってる」

僕はジョイスをベッドまで連れていった。ジョイスはこめかみに汗を浮かべ、小刻みに体を震わせていた。僕の手のなかでジョイスの手がわななないていた。手のひらが熱と湿り気を帯びている。僕たちは肩を寄せ合い、ジョイスの腕時計を凝視した。一〇分後、ジョイスはふたたび強い痛みに襲われた。それは三〇秒ほどつづいた。歯を食いしばり、拳を握りしめて、ジョイスは痛みを耐え抜いた。

僕は本で読んだ注意事項を思い出した。

「羊膜は？　破水したのか？」

「スタンリー先生に電話して。病院に連れていって」

僕は一階に駆け下りて病院に電話をかけた。看護婦が電話に出た。僕から電話があったことを先生に伝えておくから、折り返しの連絡を待つようにと看護婦は言った。二階に戻ると、ジョイスはベッドの上で体をいっぱいに伸ばし横たわっていた。僕は父さんを呼んだ。

「赤ん坊が生まれるよ」

父さんはすぐに目を覚ました。

「どこだ？」父さんは体を起こした「赤ん坊？」父さんはベッドから出てきた「なんだって？」

父さんは寝巻き姿で、暗闇のなかをよろよろと歩いていた。ジョイスのうめき声が聞こえる。父さんはつなぎに着替えている。僕は寝室に引き返した。ジョイスが瞳を閉じて横たわっている。

「羊膜は？」

「煙草をちょうだい」

つなぎの肩ひもを留めながら、父さんが寝室に入ってきた。父さんはすぐに事態を察した。

「おい。下で湯を沸かしてこい」

「なんで？」

「いいから言われたとおりにしろ」

僕は動けなかった。かかる状況下で人が湯を沸かすことくらい知っている。そんなことは常識だ。けれど、人はその湯でなにをするのか？

「ジョイスを病院に連れていかなきゃ」

「この間抜け、いいから湯を沸かしてこい」

父さんは僕の首根っこをひっつかみ、僕を寝室から放り出した。僕は階段を下りるあいだ、自分の行動のばからしさを痛感していた。病院まではほんの一〇分の距離だというのに。僕はやかんを水で満たし、ガスこんろの火にかけてから、急いで階段をのぼっていった。ベッドで横たわるジョイスのかたわらに父さんが腰かけ、ジョイスの手を握っていた。

「スタンリー先生に電話した？」

「看護婦が伝えてくれてる」

「ゴンダルフォ神父に電話して。洗礼を受けたいの」

「湯だ」父さんが言った。

電話が鳴った。僕は一階に駆け下りた。電話口からスタンリー先生の声がした。

「先生、赤ん坊が生まれます」

「少し早いな。陣痛は来ましたか？」

「ものすごく苦しんでます」

「痛みは規則的ですか？　時計で正確に測りましたか？」

「一〇分ごとです。ものすごく苦しんでます」

「連れてきた方がよさそうですね」

「すぐに行きます、先生」

僕は二階に上がった。

「ジョイス、準備してくれ。今から病院に行くんだ」

「湯だ！」父さんが叫んだ。

「ゴンダルフォ神父を呼んで」ジョイスがうめいた「洗礼を受けたいの」

階下でやかんが笛のような音を鳴らしている。それはすぐに悲鳴に変わり、湯が沸いたことを告げ知らせた。僕はゴンダルフォ神父に電話した。神父は一五分以内に病院に行くことを請け合った。僕は熱湯の入ったやかんを持って二階に上がった。ジョイスは寝室にいた。ベッドに腰かけ、毛皮のコートを身につけ、寝室用のスリッパをはいている。父さんが僕の手からやかんを取り上げた。

「車だ。玄関前に移動させとけ」

父さんはやかんを持って浴室に駆けていった。僕は父さんのあとを追った。これからなにが起こるのか見ておきたかった。

「動け」父さんが言った「車だ」

僕はその場を離れなかった。ジョイスにたいし、アブルッツォ伝来の技法を使われては敵わなかった。父さんは薬品用の戸棚からブランデーのボトルを取り出し、タンブラーにかなりの量を注ぎ入れた。それから熱湯を加え、混合液を明かりの方に持ち上げた。

「どうする気だよ?」

「どうすると思うんだ?」

父さんは湯で割ったブランデーをひと息に飲み干した。喉から胃にかけて、焼けつくような熱気が広がっていく。

「かぁーっっっ」父さんは言った「これで気分が良くなった。お前は動け」

僕は階下に駆けていった。車をバックさせてガレージから出し、家の正面に移動させる。ジョイスと父さんは曲がり角で僕を待っていた。僕たちは三人とも前方の席に坐った。父さんがジョイスの肩に腕をまわした。ジョイスの痛みは収まっていた。

病院へ向かう道中、陣痛の発作はいちども起こらなかった。もうすぐ自分が父になるとはとても思えず、僕はじきに、なにもかも勘違いだったのではないかという暗い予感を抱きはじめた。僕の心は、父性というよりヒステリーに近い感覚に満たされていた。形がなく、あいまいで、説明のつかない爆発のような感情だった。そんな思いを抱えながらも、確実なところが分からない以上は、前に進むことしかできなかった。ジョイスの顔には警戒の表情が浮かんでいた。節度と不安を感じさせる顔つきだった。父さんは火のついていない葉巻をくわえていた。

「ぜんぶうまくいくさ」父さんが言った。

重みも手応えもない言葉だった。病院が近づくにつれ、すべては迂闊な思い込みによるものだったという、言葉にならない確信が強まっていった。

だから僕は言った。言わなければならなかった。「たぶん、今回は違ったんじゃないかな」

ジョイスの口から絶望の叫びが漏れた。

「あぁ、お願い！」ジョイスが声を張り上げた「言わないで、考えないで！　あなたがそう考えただけでわたしは死ぬわ」

父さんが左手を伸ばし僕の髪をぐいと引いた。

「このばかたれ、どうしてそっとしといてやれないんだ？」

「そんな気がしただけだよ」

「お前は黙って運転してろ。あんな真似を仕出かしといて、えらそうな口を叩くな！」

「あんな真似？　僕はなにもしてないじゃないか」

はじめのうち、僕には父さんがなんの話をしているのか分からなかった。僕は父さんの顔を見た。目がつり上がり、怒りに瞳をぎょろつかせている。僕の思考は、父さんの心のなかへ真っ逆さまに転落していった。そして僕は理解した。「あんな真似」とは、僕が自転車を買うために父さんのコンクリートミキサーを売った一件を指していた。それはおよそ二十年前の出来事だった。ところが今、この不可解なタイミングで、かつての怒りが突発的に再燃したのだ。

「頼むよ、父さん、その話は忘れようよ」

葉巻が父さんの顎といっしょに震えていた。古い恨みが、父さんの口から言葉を奪っていた。

ジョイスがむせび泣きを始めた。

「わたし、とても惨めだわ」

父さんがジョイスの肩を抱き寄せた。

「赤ん坊が生まれたら、あんたは俺たちの家で暮らしたらいい」父さんがジョイスを宥めた「この男とは縁を切りな。こいつは人に迷惑をかけることしかできないんだ。俺はこいつを矯正院に送ってやるべきだった」

僕はハンドルにしがみついたまま静かにしていた。環状の車道をぐるりとまわって、僕らは病院正面の入り口にたどりついた。玄関先に、ゴンダルフォ神父の巨躯がぬっと現われた。僕が車を停止させると、神父がドアを開けた。

「あぁ、神父さま!」ジョイスが泣きじゃくった。

父さんが外に出た。ジョイスは父さんと神父に助けられて車を降りた。涙のせいで瞳が潤んでいた。神父は大きな両手でジョイスの肩をつかみ、打ちひしがれるジョイスを慰めた。

ジョイスは静かに泣いていた。父さんとゴンダルフォ神父は、イタリア語でああだこうだと言葉を交わしていた。二人は腕を揺らし、頭を振り、顔をしかめ、ぶつぶつ呟き、せせら笑い、微笑み、唸り、目を剥き、眉をひそめ、のけぞり、僕を指さし、そして最後は鬱屈とした沈黙に閉じこもり、悲しげな当惑をもってお互いを見つめていた。巨漢の神父が車のドアから顔を突っこみ、黒い瞳で貪るように、僕をじっと見つめてきた。

「おい、きみ。駐車場に車を停めてきなさい」

それはそうだろう。この状況で、車を駐車場に停めることは父親の神聖な義務である。僕は車で道路を渡り、病院の広大な駐車区域に向かった。歩いて病院の入り口に戻ってきたとき、三人はすでにいなくなっていた。僕は待合室に入っていった。三人はエレベータに乗って、どこか上の階に行ったらしかった。僕は受け付けの看護婦に、三人はどこにいるのか尋ねた。看護婦は答えようとしなかった。看護婦から話を聞くには、数枚の書類に署名しなければならなかった。ようやく彼女は口を開き、一二階にいる看護婦と話をするよう僕に言った。

一二階に行っても状況は変わらなかった。手がかりさえつかめなかった。父さんとゴンダルフォ神父の姿はどこにもなかった。僕は主任看護婦から、ジョイスはスタンリー先生に診てもらっている最中だと教えられた。主任は小柄な女性だった。胸板が厚く、赤ら顔で、二の腕の筋肉がこんもりと盛り上がっていた。主任はあまりに多忙なため、僕の相手をしている暇はないようだった。彼女の机には書類と台帳が山積みにされていた。

「ジョイスはどの部屋にいるんですか?」僕は尋ねた。

「どっちみち、あなたは彼女に会えません」

「でも、僕は彼女の夫ですよ」

「あの老人が夫だと思ってましたが」

「あの人は僕の母親の夫ですよ。僕の父ですよ」

主任は書類に視線を戻した。看護婦たちがあたりを行ったり来たりしていた。僕は通行のじゃまにならないように立っていた。電話が鳴りつづけている。一二三一号室の患者がオレンジジュースを欲しがっていると、研修医が主任に伝えた。主任は鼻を鳴らして笑い、そして言った「オレンジジュースはありません」主任の正面に位置する反対側の壁には、表面をガラスに覆われた電気表示盤が掛かっていた。ガラスの下で、番号が点いたり消えたりしている。一二一四番のランプが赤い。たいへんな緊急事態を伝えるかのように点滅している。看護婦も研修医も、誰ひとり一二一四番に注意を払っていなかった。

「妻がいるのは一二一四号室ですか」

「違います」

僕は表示盤の方に顔を向けた。

「一二一四号室で、誰かが呼んでいるみたいですよ」

「お兄さん、お願いですから、一二四五号室で待っていてください」

僕は一二四五号室を探してそこらじゅうを歩きまわった。ある廊下から別の廊下へ、進んだり戻ったりしつづけた。一二四五号室は見つからなかった。部屋の番号は順序正しく整列していた。やがて、数字のついていないドアの並びに行き当たった。僕は試しに、そのなかのひとつを開けてみた。女性がベッドに腰かけていた。彼女は言った「出てってください」僕はようやく、主任のところに戻る道を見つけた。

「どうも僕には、一二四五号室を見つけられそうにありません」

主任は僕の計り知れない愚鈍さに打たれていた。なぜなら、一二四五号室はすぐそこに、主任の机の隣に位置していたのだから。彼女は言葉を発することさえせず、一二四五号室の扉を一瞥し、そして僕に視線を戻した。僕は主任に礼を言った。けれど彼女は、僕にたいする否定的見解を隠そうともしなかった。

父さんとゴンダルフォ神父は一二四五号室で坐っていた。僕が部屋に入った途端、二人は態度を凍りつかせた。父さんは僕に背を向けた。部屋には革張りの椅子が何脚か並べられていた。ゴンダルフォ神父は、僕が腰を下ろすのを待っていた。

「夫婦というのは、多くの問題を抱えているものだ」神父が始めた「それはときに、耐えきれないほどの重荷に思えることもある。そうして夫婦は短気を起こす。人間とは、いとも簡単に短気を起こす生き物だ」

「ジョイスはどこですか?」僕は割って入った「医者はジョイスになにをしてるんですか?」

「こいつ、知りたがってますよ」父さんがあざ笑った「あんな真似を仕出かしたあとで」

ゴンダルフォ神父は場を和ませようとして手を上げた。父さんは構わず続けた。

「そこの小僧は、自分の嫁を追いかけて二階に走っていったんです。嫁は便所に閉じこもりました。あれがまずかった。階段を走ったのがいけなかった」

「結論を急ぐのはやめましょう」司祭が言った「医師の診察を待つべきです」

「俺の孫が無事であるよう願ってます」父さんが言った「もし孫になにかあったら、俺はこいつを殺す」

僕はうんざりした。

「なぁ、黙ってくれよ、父さん」

父さんは懇願するように司祭を見つめた。ついに父さんは自らの正しさを証明した。ついに僕は自らの無能をさらけ出した。父さんのつなぎも、壊れた靴も、僕にとって有利な材料にはならなかった。

そのとき、ジョイスがスタンリー先生といっしょに部屋に入ってきた。ジョイスは穏やかに萎《しお》れていた。かつてなく妊婦に見えた。

「コートを着せて、連れて帰ってあげなさい」先生が微笑んだ。

「どこも悪くありませんか?」父さんが尋ねた。

「どこも、なにも悪くありません。一週間後にまた会いましょう」

「わたし、ほんとうに恥ずかしい」

「こういうことはよくありますから。忘れてください」

「羊膜に変化がなかったからね」僕は言った「おかしいとは思ったんだ」

「あなたと羊膜が正しかったわ」ジョイスが言った。

ジョイスは変わった。萎れていた。それは主として、羞恥に由来する消沈だった。ジョイスはその場を離れたがっていた。僕らは先生に付き添われて、エレベーターの方へ列をなして歩いていった。ジョイスは毛皮のコートにしっかりと身を包み、襟元に顔をうずめていた。言うべきことはほとんどなかった。赤ん坊は不在のまま、僕らは手ぶらで立ち去ろうとしていた。大きな司祭が僕らの頭上にそびえていた。完全な静寂のなか、僕らはエレベーターを待っていた。父さんは浮浪者のようだった。僕は柱の陰に立ち、看護婦たちの冷めた視線から身を守っていた。僕はジョイスの羞恥を共有していた。ひょっとしたら僕たちは、永遠にこの病院に通いつづけるのかもしれない。僕らはいつもこの医者を困らせていた。先生は今夜もまた、熟睡していたところを僕らに叩き起こされたに違いなかった。赤ん坊を取りあげる仕事はお預けとなった。僕らはこれから家に帰る。この行程に終わりはなく、未来に向かってどこまでも伸びているように思えた。来週には、僕らはすべてをはじめからやり直すのだ。

エレベーターが到着した。妊婦と、夫と、義父と、信仰上の相談役が、エレベーターに乗りこんだ。エレベーターの操作をしている老夫も併せて、そこには五人が乗っていた。それは巨大な、ダンスホールのごときエレベーターだった。三〇人が乗り合わせても、肩をぶつける心配はなさそうだった。けれど、そこに立つ僕たちは、微笑む医者にもう一度さよならと言うとき、息を吸うスペースを見つけるのにも苦労していた。毛皮のコートの下の小山が、エレベーター全体を満たしているようだった。押し合いへし合い、分厚い人間の塊に揉みくちゃにされながら、薄気味の悪い沈黙のなか僕たちはおりていった。地上階に着いてようやく、自由の感覚が戻ってきた。

するとジョイスが言った「わたし、ボストンバッグを忘れてきたわ」

全員が僕の顔を見た。

それはそうだろう。この状況で、忘れ物を取ってくることは父親の神聖な義務である。

僕はエレベーターに乗って一二階に引き返した。ボストンバッグは主任看護婦の机の横に置いてあった。僕はバッグを手に取った。

「ちょっと、待ちなさい」

「妻のバッグです。診察は終わりました。持って帰るのを忘れたんです」

「あなた、名前は？」

僕は名前を告げた。

「それはあの老人の名前です」

「あれは僕の父ですよ」

「あなたが夫なの？」

「そうです」

沈黙。

「持っていってもいいですか？」

「どうぞお好きに」

僕は一階におりた。三人は玄関を出たところで僕を待っていた。

「車を取ってこい」父さんが言った。

僕は車を玄関前に寄せた。父さんとジョイスは前方の座席に身を落ち着けた。ゴンダルフォ神父は教会の車で病院に来ていた。僕たちは時間を割いてもらったことに礼を言った。

「神の意志だよ」神父がジョイスに言った「これで良かったんだ。おかげできみは、余裕をもって信仰教育を終えられるからね」

僕らは別れの挨拶を交わした。足もとの砂利を賑やかに踏み鳴らし、神父は駐車区域へ歩いていった。僕は車を発進させた。ジョイスは静かに坐っていた。哀しみと新たな智慧が、ジョイスをいっぱいに満たしていた。僕は体を傾け、ジョイスにキスをした。

「気分はどう？」

「とてもくたびれたわ。とても情けないわ」

父さんが大きなため息をついた。

「息子を生むってのは、大仕事だな」

8

僕の家に平和が戻った。静かで、素晴らしく穏やかな時間だった。ジョイスはまた別の女性に変貌した。おとぎ話の外に出て、小説の外に出て、母としての物語に入っていった。ジョイスは今や、来たるべき時を待ち受ける女性だった。石を砕くことも、モルタルを混ぜることもなかった。こんなにもきれいなジョイスを、僕はこれまで見たことがなかった。ジョイスはゆっくり、足音も立てずに歩いた。ジョイスが通り過ぎたあとには、以前とは違う芳香がたなびいていた。ジョイスは毎日、早朝のミサに出席した。午後はかならず、信仰教育のために司祭館を訪れた。ジョイスの強い求めに応じて、ゴンダルフォ神父はいくぶん駆け足で講義を進めた。夕方になると、僕はジョイスといっしょに歩いて教会に行った。ジョイスはロザリオの祈りや、十字架の道行きの祈りを唱えた。あるいは、膝の上で両手を組み、ただ静かに坐っていることもあった。

僕にとっては、奇妙な時間だった。祈ることも、キリストへの思いを口にすることもできないまま、僕はジョイスの隣に坐っていた。けれどすべてが、僕のもとに回帰してきた。少年時代の、遠い日々の記憶だった。冷たく悲しいこの場所は、ほんとうにたくさんの意味を持っていた。ジョイスはそもそものはじめから、僕がジョイスとともに教会に立ち返るものと信じきっていた。それが当然のことのように思えた。どうにかして、僕はかつての感覚を取り戻すはずだった。魂の指を伸ばし、豊かで晴れがましき信仰の喜びをつかみ取るはずだった。どうにかして、僕は気づくはずだった。それはつねにそこにあり、僕はただ、希望の声をつぶやきながら近づいていけばいい。そうすれば、神の胎のかぎりない悦びが、僕を優しく包みこむのだ。香のかおり、信者席のきしる音、ステンドグラスの窓から注ぐ陽光の遊戯、聖水の冷たい感触、小さな蝋燭たちの笑い声、彼方の過去への終わりなき追憶。僕より前に何百万という人びとがここを訪れ、ここを去り、これから先の何百万という明日に、何億もの人びとがここを訪れ、ここを去っていくことを思うときの、目眩を覚えるような見通し。そのすべてがここにあった。それが、妻の隣に坐っているとき、僕が考えていたことだった。そうした見通しを抱きつつ、僕は徐々に、自分の過ちを理解していった。自らの教会に立ち返ることは容易ではない。教会はつねに変わらずそこにある。変わったのは教会ではなく、僕自身だ。漂流の歳月が砂山のようになって、僕の上に覆いかぶさっていた。そこから抜け出すことは容易ではない。小さな声で呼びかけながら、その声が聞き届けられたと感じることは容易ではない。僕はジョイスの隣に坐っていた。それがきわめて困難であることを僕は知っていた。それどころか、ほとんど不可能であることを僕は知っていた。

僕はジョイスの隣に坐り、新しい考え方がもたらす感覚を楽しんでいた。人の思考は、ここでは違った形を帯びる。オーク材の重厚な扉の向こう、教会の外の世界では、人は税金と保険について、フェードアウトとオーバーラップについて考える。マンハッタンとマティーニの材料について思案をめぐらせ、悪辣なエージェントや不実な友人や愚鈍な隣人にたいして疑念を抱く。ところが僕は、祭壇の前で妻の隣に坐っていられる。小さな手が、キッド革の緑の手袋に包まれ、たおやかな気品を放っている。妻の努力の美しさに、妻の心の闘いに、僕は敬意を捧げられる。神の前ではつねに善良な女としてあり、慎ましく、けっして感謝を忘れない女であるようジョイスを促している強大な力に、僕は敬意を捧げられる。僕は妻の隣に坐っていられる。言葉が足りないせいで僕の唇は乾いている。僕が、言葉を書き散らすことを生業にしているこの僕が、言葉を見つけられずにいる。僕の魂のページは空白だった。なにも書かれていなかった。僕は次々にページをめくった。ほんの一節で構わない。わずかな言葉の断片で構わない。この場所で、僕が税金と保険について考えていないこと。僕のエージェントと隣人と友人が、どうにかして肉体を離れ、霊性を帯び、美を纏《まと》っていること。それらの事実を口にするため、僕は言葉を探しつづけた。この人たちが、ただ在るのではなくほんとうに在り、卑しい豚ではなく魂であることを口にするため、僕は言葉を探しつづけた。

けれど、努力はついぞ実を結ばず、僕の覚悟は決まらなかった。教会のもとに生まれながら、ふたたび教会に戻る気は起きなかった。おそらく僕は、あまりに長く待ちすぎてしまった。喜びに満ちた認識の震えを、生まれ変わった信仰の目も眩むような輝きを。それがどんなものであれ、僕はもう戻れなかった。僕の前には道があった。いくつもの標識がはっきりと、魂の平穏へいたる方角を指し示していた。僕はその道を進めなかった。それが容易なことであるとは、僕には信じられなかった。目の前の丘を越えた先には、かならず困難が待ち受けている。僕はそれを確信していた。

子供が生まれる四日前、ジョイスはカトリック信徒になった。洗礼名はジョイス・エリザベスに決まった。儀式はその日の夕刻、聖ボニファキウス教会の洗礼盤の前で執り行われた。ジョイスの代母は、僕らの家の向かいに住んでいるサンドヴァル夫人だった。六十がらみの、穏やかな性格をした長身の女性だった。ゴンダルフォ神父がサンドヴァル夫人を代母に選んだのは、彼女が僕らの隣人であり、かつ、僕らには同じ教区に暮らすカトリックの知人がひとりもいないからだった。

ジョイスの喜びようは尋常ではなかった。まずはラテン語で、次に英語で神父がミサの言葉を唱えているあいだ、涙がとめどなく頬を濡らし、腹の突起で砕け散った。それは当惑と狼狽を伴う歓喜だった。ジョイスは喜びに満たされ、悲しみに打ちのめされていた。僕は父さんと並んで立ち、黙ってジョイスの背中を見つめ、ジョイスのむせび泣きに耳を傾けていた。ジョイスの声が、鳥の羽ばたきのような音になって、からっぽの教会に反響していた。

僕らはみな、深く心を揺さぶられていた。父さんが青い大きなハンカチで頬をぬぐっていた。サンドヴァル夫人は、自らの涙に恥じ入る様子もなく、凛とした微笑みを浮かべていた。長い儀式だった。それというのも、司祭がジョイスに、欠けるところのない完全な洗礼を授けているからだった。こうしてジョイスは、原罪ばかりか、これまでの人生で犯したすべての罪からも清められた。ジョイスはずっと泣いていた。けれど、ついにゴンダルフォ神父までが言葉を詰まらせると、ジョイスはふと静かになった。神父は儀式を中断した。修道服からハンカチを取り出し、ごしごしと目元をぬぐった。瞳を覆うハンカチのせいで、しばらく前が見えなかった。

「泣いていては、いけないね」神父がささやいた「今は、喜ばしき時なのだから」

この一言に、ジョイスはまたもや感情を決壊させた。父さんと僕はジョイスを信者席まで連れていった。ジョイスはそこで重々しく膝をついた。化粧とマスカラと涙が混ざり合い、ジョイスの顔のあちこちに染みを作っていた。

「ごめんなさい」ジョイスが涙声で言った「ほんとうにごめんなさい。どうしても、とめられなくて。すごく、すごく幸せなの」

「なぁ、ひどい顔だぞ」僕が言った。

ジョイスはぴたりと泣くのをやめた。コンパクトを開き、顔を整え、なにも言わずに洗礼盤の方へ向きなおった。儀式はつづいた。視線を下げ、両手を組み、ジョイスはひそやかに魂の浄化を経験した。こうして終わった。けれどそれは、ジョイスにとっての終わりだった。僕にとっては、なにも終わっていなかった。

僕らはそのあと、教会の外に集まった。サンドヴァル夫人がジョイスに洗礼祝いのプレゼントを手渡した。聖クリストフォルスを象《かたど》った銀のメダルだった。ジョイスは代母に心からの感謝を捧げた。サンドヴァル夫人の車が停めてある場所まで、二人は腕を組んで歩いていった。車に乗って走り去る老婦人を、僕らは手を振って見送った。

恐れていた時がやってきた。僕は妻を見つめた。ジョイスの髪のなかに星があった。ジョイスの瞳のなかに星があった。つい先ほどまで涙に濡れていたその瞳が、今では気高き幸福のために輝きを放っていた。改宗が劇的な変化をもたらすなど、いくらなんでもばかげている。けれど僕の眼前では、まさしくそのとおりのことが起こっていた。彼女はもはや、かつてのジョイスではなかった。一時間前のジョイスでさえなかった。いかなる化学をもってしても、この変化は説明できない。僕はただ、それを感じ、知り、この目で見たにすぎなかった。僕が感じたのは成熟だった。ジョイスの妊娠とは関係のない、大人の女としての気配だった。成熟とは伝統であり、あるいはむしろ、母なる教会との一体化、教会が女性に抱く崇高なる敬意との一体化だった。ジョイスはこの日、少年のころの僕が聖母マリアの居所だと思っていた高みに登った。僕らはたがいに見つめ合った。その瞬間、ジョイスは僕の心の裡を読みとった。僕はジョイスの変化を感じていた。ジョイスの人格の全体に充満する、目を見張るほどの変容を感じていた。僕らはたがいを見つめ合った。その瞬間、僕らはたがいの心の裡を読みとった。今日を境に、僕らの人生は別ものになるだろう。僕たち二人の人生は、どうしようもなく重要で、どうしようもなく真剣なものになるだろう。それは悲しい瞬間でもあった。なぜなら僕は人生のくだらなさを、儚さを、愚かしさを愛していたから。僕らは今日、その一切に、きっぱりと背を向けたのだ。

ゴンダルフォ神父の大きな手と重たい腕が、僕の肩にずしりとのしかかった。「さて、準備はいいかな?」

神父が言いたいのはこういうことだった。〈告解に赴く準備はできているかな?〉

僕はこう言いたかった〈いいえ、神父さま〉

僕は言った「はい、神父さま」

「よろしい。明日、二人でいっしょに聖体拝領を受けなさい。明日のミサはきみたちのために執り行う。ミサを終えてから、主祭壇の前で、きみたちに婚姻の秘蹟を授けよう」

「分かりました、神父さま」

僕たちは教会のなかに戻った。司祭は祈るために片膝をついてから側廊を進み、三つある告解室のうちのひとつへ向かった。それぞれの入り口には、紫の分厚いカーテンがかかっている。ゴンダルフォ神父は中央の告解室に入っていった。神父が部屋のなかで明かりをつけた。僕たち三人は身廊《しんろう》を進み、告解室のすぐそばの信者席に身を落ち着けた。

良心を吟味するために僕は膝をついた。告解に赴くのは十五年ぶりだった。僕はこの十五年間、どんな罪を犯してきただろう？　僕が取り組むべき仕事は莫大だった。まじめに考えるのがためらわれるくらい膨大だった。けれど、それよりさらに深刻なのは、僕がなんの悔悟も感じていないことだった。僕はいっさい、なにも悔いていなかった。良きことも悪しきことも、僕はそのすべてを楽しんできた。罪の赦しのために置かれる司祭の手には、なんの意味もないように思えた。僕は告解室に入れなかった。これから先も入れそうになかった。遠い過去、赦しの呼びかけに応えるあいだ、僕の血管を流れる血は朗らかに歌っていた。僕は進んで膝をつき、苦悩を打ち明け、罪を清めてもらい、澄んだ心に力をみなぎらせて告解を終えたものだった。僕は過去にすがろうとした。僕はなにも見つけられなかった。

時間は刻々と過ぎていった。一五分が過ぎ、三〇分が過ぎた。司祭は辛抱づよく待ちつづけていた。良心を相手に際限のない論争を繰り広げ、僕はへとへとになっていた。なんの悔悟も抱いていない事柄を、どうやって告白しろというのだろう？　僕は父さんとジョイスの隣でうなだれていた。

「だめだ、できない」僕はつぶやいた。

父さんが目を剥いてこちらを見つめた。

「お願いよ、やってみて」ジョイスが微笑んだ。

「できないよ。それは偽善になる」

父さんが早口でジョイスに尋ねた。

「こいつはどうしたんだ？」

「行きたくないみたいです」ジョイスがささやいた。

「行くに決まってるだろうが」父さんが大声で言った。

僕はかぶりを振った。

「できないよ、父さん」

「なかに入れ！」

「できないって言ってるだろ」

「この悪ガキめ。お前は昔からそうなんだ。行け、なかに入れ！」

父さんは僕の首筋をぐいとつかみ、僕の体を告解室の方へ押し出そうとした。僕は信者席にしがみつき、てこでも動こうとしなかった。父さんの指先に力がこもり、顔が真っ赤に染まっていった。すると、突然に父さんが立ち上がり、告解室の方へ足早に歩いていった。僕とジョイスは呆気にとられながら父さんの背中を見送った。父さんは振り返って僕らを見た。瞳が絶望の色に染まっている。それから、父さんは告解室のなかに入った。

五十五年の人生をとおして、あれが父さんのはじめての告解だったことを、僕はあとになってから知った。自身の振る舞いの理由を、父さんはけっして説明しようとしなかった。前もって考えていた行動でないことは確かだった。自分が告解室に入るなんて、父さん自身、夢にも思っていなかっただろう。けれど父さんは僕のために、父さんの孫のために、父さんなりのやり方でやってみせた。なぜならそれは、為されるべきことだったから。

父さんの告白は口論の様相を呈していた。父さんはイタリア語で告白した。中身の判然としない激烈な議論が、雷鳴のごとく轟いていた。ゴンダルフォ神父がなにか言うたび、父さんがきつい口調でやり返している。つられて神父も声を荒らげた。二人が身ぶり手ぶりを交えて話しているのが分かった。なぜって、告解室のカーテンが音を立てて揺れていたから。やがて司祭の声が優位を占めた。父さんからはなんの言葉も聞こえなくなった。神父は優しく、巧みに、宥めるような口調でささやきかけていた。告解室から出てきたとき、二人の男は汗にまみれ、疲れきった表情を浮かべていた。父さんはいちばん近くの信者席でひざまずいた。神父が微笑み、父さんの肩を軽く叩く。懺悔の言葉を口にするあいだ、気を散らす全てのものを遠ざけるため、父さんは両手で顔を覆っていた。司祭が僕を一瞥した。意気をくじく眼差しだった。僕は立ち上がり外に出た。司祭が教会正面の階段で僕を待ち受けていた。

「どうしたんだ?」

「できませんでした」

「別の聴罪司祭の方がいいかい?　わたしからショー神父に頼むこともできる。それなら話せるかな？」

「無理だと思います」

「残念だよ、ファンテくん。これがなにを意味するのか、もちろんきみは分かっているね？」

分かっている。僕は告解をしなかった。それはつまり、僕が恩寵の状態にないことを意味していた。それはつまり、翌日の朝、ジョイスといっしょに聖体拝領を受けられないことを意味していた。それはつまり、僕には秘蹟を授かる資格がないことを意味していた。そしてもちろん、結婚とは秘蹟にほかならなかった。

「すみません、神父さま。もうしばらく、努力してみます」

教会から出てきたジョイスと父さんの方を、神父は振り返った。僕たちは別れの挨拶を交わした。父さんは僕と目を合わせようとしなかった。僕たちは車が停めてある場所まで歩いていった。僕はジョイスの手を取った。

「僕に愛想をつかしたかな」

「もちろん、失望したわ」

「少し時間をくれ。いつの日か、やってみせるから」

「それがわたしには不思議なのよ。いつの日か教会に立ち返るつもりなら、どうして今日ではいけないの？」

「分からないよ」

「わたしにだって分からないわ」

「俺は少し歩く」父さんが言った。

曲がり角へ遠ざかる父さんを僕たちは見つめていた。早足の、跳ねるような歩き方だった。葉巻に火をつけるために、父さんは街灯の下で立ちどまった。煙が僕たちのところまで流れつき、ほんのいっとき、夜気が芳香に包まれた。家までの帰り道、僕たちは車のなかで一度も口を利かなかった。ガレージに鍵をかけ、僕たちは家のなかに入った。固く口を閉ざしたまま、僕たちは二階に上がった。ジョイスがなにか喋ることを期待して、僕は扉の前でぐずぐずしていた。ジョイスはこちらを振り返ろうともせず、自分の寝室に入っていった。僕はコートを脱いでベッドの上に身を投げた。僕は自分がしてきたことに、なんの悲嘆も、なんの悔悟も感じていなかった。後悔のかすかな震えさえ感じられないことに、僕は憤りを覚えていた。僕はそのために傷を負い、ひどく惨めな思いを味わっていた。

そのとき、ジョイスが扉を開けて部屋に入ってきた。ゆったりとした寝巻きの下に、白い風船が浮かんでいる。片手に一冊の本が握られていた。ジョイスは微笑み、ベッドに寝そべっている僕を見下ろした。

「読んであげたい一節があるの」ジョイスが言った。

そしてジョイスは読みはじめた「父よ、母よ、妻よ、兄弟よ、友よ。わたしはこれまで、目に見えるものばかりにこだわり、あなたがたとともに生きてきました。これから先、わたしは真理の僕《しもべ》になります。覚えておいてください。わたしは今後、永遠の法を除き、いかなる法にも従いません……わたしはあなたたちの慣習には盲従しません。わたしはわたし自身でいなければならないのです。わたしにはもう、あなたたちのために自分を損なうことはできません。あなたたちを損なうこともできません。あるがままのわたしを愛していただけるなら、わたしたちはより幸せになれるでしょう。それが無理なら、あなたたちの愛に値する人間になれるよう、わたしは努力するでしょう。なにを好み、なにを憎むか、隠し立てするつもりはありません」

「エマソン」僕は言った「あぁ、すごい男だ！」

ジョイスは身をかがめ僕にキスした。

「おやすみなさい」ジョイスがささやいた。

わが子の宿りし胎に幸あれかし！

僕は喜びのあまり泣いた。

9

それが起きた夜、ジョイスと僕はチェスをしていた。僕らはそれを、今か今かと待ち構えていた。子供の誕生を目前に控え、僕らの生活はぴたりと歩みをとめていた。そして、ついにその夜がやってきた。ちょうど同じ日、父さんは暖炉を完成させた。父さんの作業は迅速だった。暖炉を仕上げ、新たなファンテを迎える準備を整えておくことは、父さんにとってなにより大切な仕事だった。父さんの暖炉はまるで、包装紙とピンクのリボンに飾られた贈り物のようだった。家全体が、期待に身を震わせていた。新たなひとりがやってこようとしていた。僕らはあのころ、孤独にも似た感情を味わっていた。なぜって、来たるべきひとりが、まだそこにいなかったから。この日、父さんは日中の重労働のせいで疲れ果て、早いうちにベッドに入った。

「なにかあったら呼んでくれ」父さんは寝る前に言った。

午後十時、ジョイスと僕はチェス盤を挟んで向かい合っていた。次は僕が指す番だった。

「あなたのクイーン、危ないわよ」ジョイスが言った。

僕はビショップをあいだに置き、クイーンの危機を救った。次はジョイスの番だった。いつも判断のすばやいジョイスが、このときはなかなか駒を動かさなかった。不可解に思えるほどの時間が過ぎた。沈黙の理由を探ろうとして、僕はチェス盤からジョイスの顔へ視線を移した。

「きみの番だぞ」

ジョイスは聞いていなかった。顔が紅潮し、呼吸が乱れ、頬が真っ赤になる時まで、ただただ僕を凝視しているだけだった。そして僕は、ジョイスが自分の体に意識を集中させていることに気がついた。ジョイスの内部に、奇妙な感触が生じているらしかった。

「破裂した」ジョイスが小さな声で言った。

「破裂した？　なにが？　僕にはなにも聞こえなかったよ」

「分からないわ。でも、たしかに破裂音が聞こえたの」

僕たちは耳を澄ました。ジョイスが手で口を覆った。

「あぁ、そんな。羊膜よ」

「病院に行こう」

ジョイスは立ち上がるのをためらっていた。

「お願い」ジョイスが微笑んだ。「わたしを見ないで。目隠しをして」

ジョイスが席を立ち部屋を横切っていくあいだ、僕は目を覆っていた。小走りに階段を上がる音が聞こえた。ジョイスは息を切らしながら、「あぁ！」とか「そんな！」とか「主よ！」とか呟いていた。ジョイスが視界から消えたことが分かると、僕は病院に電話をかけた。二階の寝室からジョイスの足音が聞こえた。靴のかかとが床を踏み鳴らしている。僕は階段を駆け上がった。ジョイスはベッドに腰を下ろし、『いざ、出産』と題された本を読んでいた。

「始まったんだよ。先生に電話しておいたから」

「今度は間違えたくないの。ぜったいに確実にしたいの」

「今回は確かだよ。僕には分かる」

「聞いて」ジョイスが読みあげた「陣痛の初期段階では、痛みは腰から徐々に広がります。はじめのうちは腰痛や、軽くつねられたときの痛みに似ています。痛みはだんだん強くなり、ピークの状態が数秒間つづきます。それから痛みは次第に弱まり……」

ジョイスはまさに、本に書かれてあるとおりのことを経験していた。本がジョイスの手からこぼれ落ちた。ジョイスはその姿勢のまま微動だにせず、腹の突起をじっと見つめた。それに触れるため、それを感じるため、ジョイスはそっと手を動かした。

「子宮収縮」ジョイスが言った「一五八頁よ。読んで」

僕は床から本を拾いあげた。ところが僕は、あまりに多くの手を生やしていた。あまりに多くの指を生やしていた。僕は本をつかむことさえできなかった。本は床に落ちていった。痛みは強まり、そしてまた和らいでいった。ジョイスが柔らかく口笛を吹いた。

「いいわ、行きましょう」

今回は順調だった。僕らはすでに、すべての手順をリハーサルしていた。忍び足で廊下に出て、汽笛のような父さんのいびきを聞き、それから階段を下りていった。口には出さなかったけれど、僕らはおたがい、父さんは起こさない方がいいと分かっていた。裏庭のモックオレンジの下でジョイスが立ちどまり、僕を抱きしめてきた。

「あなたは素晴らしかった」ジョイスは言った「もう二度と、わたしはあなたに不平を言わない」

「なぁ、早く行こう」

「まだ平気よ。この九ヶ月、わたしがどれだけひどい仕打ちをしてきたか、あなたに分かってほしいの。ほんとうに、ばかだった。実際は、子供を生むなんて大したことじゃない。とても簡単なことなのよ」

「まだなにも生まれてないよ。さぁ、行こう」

僕はジョイスの手を引いてガレージに向かった。ジョイスは車に乗りこみ、僕から身を離すようにして、運転席と反対側の扉にもたれかかった。ジョイスはハンドバッグを手探りして煙草を見つけ、僕にも一本を差しだした。

「火をつけましょうか？」ジョイスが訊いた。

「あぁ、頼む」

「自分でつける方が好きな男性もいるから」

なにやら奇妙な指摘に思えたけれど、僕は返答しないでおいた。ハンドルを握る僕の心境は穏やかだった。僕らはこの件にかんしては、もはやベテランの域に達していた。いささかの焦りもなかった。夜の空気は暖かく、ノルマンディー沿いの白く大きなマグノリアが芳香を放っていた。大通りの交差点で停止したとき、ジョイスの痛みが強くなった。今までいちばんひどい痛みだった。ジョイスはドアノブを固く握り、そこにしがみついていた。

「きついな」僕は言った。

ジョイスの額に汗の粒が浮かんでいた。痛みのために目が泳いでいる。立派な腹が車の隅に、ジョイスをぎゅうぎゅうに押しこんでいるように見えた。溢れんばかりの痛みでごった返す、蜜蜂の大きな巣箱みたいだった。発作が収まると、ジョイスは安堵して弱々しい口笛を吹いた。

「なんてことないわ」ジョイスは言った「もちろん、少しは痛いけど、母から聞かされていたようなものじゃないわ」

「あと五分で着くよ」

「わたし、すごく嬉しいの。これであなたはわたしから解放される。わたしの体や子供のことで、あなたに重荷を負わせるのは嫌だから」

「別に重荷なんかじゃないさ」

「わたしは生まれたときからずっと重荷だった。それが女の宿命なのね。わたしたち女は誉められた生き物じゃない。呆れるほど厄介な生き物だもの」

「やめろよ、ばかばかしい」

「ちっともばかばかしくないわ。わたしを見て。わたしは雌牛よ。それがわたしなの。グロテスクで、退屈で。誰であろうと、わたしを愛せるはずがない。あなたは二度と、わたしを愛していると言ってはだめよ。だってわたしは、あなたがわたしを愛せないことを知っているから。わたしはあなたの愛に値しない。あぁ、あなたはとても優しかった、とても寛容だった！　どれだけ感謝してもしきれないわ。今までほんとうにごめんなさい」

ジョイスは泣きだした。ぱんぱんに張った頬に沿って涙が弧を描き、次から次へと膝の上に落ちていった。ふたたび痛みが強くなった。歯を食いしばり、拳を握りしめて、ジョイスは発作が収まるのを待った。

「わたしって、少し臆病なのかしら」ジョイスは息を切らしている「でも、勇敢になりたいとも思わない。わたしはただ、どこかの穴にもぐりこみたい。あなたから見えなくなって、苦しんで、苦しんで、苦しみつづけたい。だってわたしはあなたにふさわしくないから。わたし、自分が苦しんでいることが嬉しいの。ばかだったわ。わたしのような女には、苦しみこそがふさわしいのよ」

僕はジョイスの言葉を聞いていてとても悲しくなった。ジョイスは脚を大きく広げて坐っていた。腹の膨らみが波打っている。ジョイスの顔は涙に濡れたバスケットボールのようだった。ほんのいっとき、それがジョイスの仮初《かりそ》めの姿であることを僕は忘れた。そして、ジョイスの哀切な雰囲気に感化され、自分がどうしようもなく不幸な男であるように感じはじめた。なぜなら僕はこれから先、ぐすぐすと音を立てて震えている目の前の肉の塊と、永遠に添い遂げなければならないから。僕は瞳を濡らしながら運転した。自分自身のために僕は泣いた。自らの勇気と変わることのない誠実さに魅了された。あぁ、そうだ、まさしくジョイスの言うとおりだ！　僕はあまりにも高貴だった。僕はあまりにも長いあいだ苦しみに耐えてきた。ジョイスが苦しむのは当然のことだった。ジョイスが痛みを経験するのは良いことだった。こうしてジョイスは、妊娠中に僕に示した戦慄すべき態度を償うのだ。ジョイスはあまりにも明敏だった。なぜなら彼女は、今こそ償いの時であると気づいたのだから！　妊娠中、ジョイスの倫理の平衡感覚はあまりにも脆弱だった。主よ、感謝します、ジョイスはついに自身の行いの邪悪さを悟りました！

病院に到着した。僕はカーブに沿って進み、石造りの張り出し屋根の下に向かった。そこには何台か救急車が停まっていて、今しがた運ばれてきたばかりの急患が車から降ろされていた。ジョイスを車に残して僕は病院のなかに入った。受け付けで渡された書類に必要事項を記入していく。妻の身になにが起ころうと病院の責任は問わないとする書類だった。僕が手続きを進めているあいだに、受け付けの女性は看護婦に電話をかけ、車椅子を持ってくるように頼んでいた。僕が車に戻ったときには、すでに二人の看護婦がジョイスに手を貸し、車椅子に乗せてやっているところだった。看護婦たちはジョイスの体を毛布でくるんだ。ジョイスを乗せた車椅子はエレベーターのなかに消えていった。それから僕は車を駐車場に移動させ、ジョイスの旅行鞄を持って病院に引き返した。僕はエレベーターに乗りこみ一二階に向かった。

今や僕は一二階に精通していた。エレベーターのドアが開き外に出るとき、すっかり慣れ親しんだ光景を前にして、肩をそびやかし歩いていった。ゴムに覆われた清潔な廊下の突き当りで、二人の看護婦が車椅子に乗ったジョイスを扉の先へ連れていこうとしていた。ジョイスがうしろを振り返り、近づいてくる僕の姿を視界に捉えた。看護婦たちは扉の傍らで歩みをとめ、車椅子をその場に停めた。ジョイスが僕と向き合えるよう、看護婦たちは車椅子をぐるりと回転させてくれた。ジョイスは微笑み、僕の方に腕を伸ばした。

僕は突然の喜びにむせ返った。いったいどうして、こんなにも美しいものがこの世に存在するのだろう？　僕に向けられたジョイスの腕、僕に向けられた優しい指。僕に向けられた瞳、僕に向けられた口、僕に向けられた唇。僕に向けられた溢れんばかりの愛、胸を裂くような神秘的な美。どうやら僕は、旅行鞄を手に持って、ジョイスに向かって走りだしたようだった。あたかも、ジョイスに一万年も会っておらず、一万年のあいだ毎秒ジョイスのことを考えていたかのように。ついに僕らは永遠にひとつになった。ようやく僕は絶望から解き放たれた。素晴らしくも痛ましいこの瞬間の、かぎりなき美と喜びを前にしては、僕の財産も、野心も、友人も、国も、世界も、僕の人生にかかわるすべてが色褪せ、一粒の砂ほどの価値さえ持たなくなった。僕はジョイスを抱きしめ涙に暮れた。僕は床に膝をついた。幸福だった。恐ろしい力で今にも僕を殺そうとしている、野卑で性急な幸福に満たされていた。妻から与えられた喜びがあまりに激しく、僕は自らの生をそこらじゅうに撒き散らしそうになった。

「ほら、ほら」二人のうち一方の看護婦が言った「それくらいにしておいて」

僕は立ち上がりジョイスにキスをした。

「夫はこういう人なんです」ジョイスが笑った「とっても素敵でしょう？」

看護婦たちは眉ひとつ動かさなかった。ジョイスの体を気にかけ、毛布でくるみ、部屋のなかへ車椅子を押していった。

僕の前で扉が閉ざされた。その部屋は一二三七号室だった。僕は吉兆を感じた。そこには僕のラッキーナンバーが含まれていた。僕は腕時計に視線を落とした。十一時五分だった。僕は廊下を進み、たくさんの部屋の前を通りすぎた。不意に、身の毛のよだつ悲鳴があたりに響いた。それはエレベーターの近くの一室から聞こえてきた。陣痛に苦しむ女性の叫びだった。数秒後、僕は悲鳴の聞こえた部屋の前にさしかかった。扉の向こうで、誰かが泣いたり喚いたりしていた。枕に顔を押しつけて泣きじゃくっているようでもあった。陰鬱な、哀れを誘う嗚咽だった。僕はこの声を聞いて不安になった。同じことがジョイスにも起こるかもしれないと、分かっていたから。

待合室には、僕のほかに二人の父親がいた。どちらも疲れきっていた。襟のボタンを外してカラーを開き、ネクタイをだらしなくぶら下げている。二人の男はまるで、バーで喧嘩に巻きこまれ、殴り合いには至らぬまま、果てしない口論を繰り広げてきたあとのように見えた。二人とも、革張りの椅子の上でぐったり手足を伸ばしていた。髪はぼさぼさに乱れ、指のあいだで煙草が揺れている。僕にはなんの注意も払っていない。僕は雑誌を手にとり椅子に坐った。片方の父親が立ち上がり、部屋のなかをうろつきはじめた。男はとんでもなく小さくなった煙草を吸っていた。あまりにも小さいせいで、煙草の火が唇を焼いていた。吸っているというよりも、むしろ煙草にキスしているみたいだった。やがてもうひとりの父親も席を立ち、同じように行ったり来たりしはじめた。たがいのことは気にも留めず、檻のなかをさまようように、前へ後ろへ歩きつづける。男たちの額にはしわが刻まれ、鈍い頭痛のもたらす不安に各人が囚われていた。

日付けが変わるころ、ジョイスに付き添っていた二人のうち背の高い方の看護婦が、待合室の入り口に現われた。二人の父親は折檻された犬のような表情を浮かべ、充血した瞳を看護婦に向けた。けれど、看護婦が呼びにきた相手は僕だった。

「奥様と面会できますよ」

二人の父親はぽかんと口を開けて僕を見つめた。部屋を横切り扉から出ていく僕の背中を、揃ってじっと眺めている。このときになってはじめて僕に気がつき、同じ部屋に僕がいたことに今更ながら驚嘆しているような風情だった。

僕は背の高い看護婦についていった。

「長居はできませんよ」看護婦が言った「奥様には休息が必要ですから」

ジョイスは病院が用意したガウンを身につけ、背中で腰ひもを留めていた。きれいに髪が梳かされ、シニョンの形に高く結い上げられている。ベッドの頭の部分には取っ手がついていた。ジョイスは笑っていた。顔が火照り、瞳のなかで恐怖が飛び跳ねている。僕はジョイスの手を握った。

「気分はどうだ?」

「すごくいいわ。毛を剃ってもらって、浣腸もしてもらったの」

「きみの毛を剃ったナース、良い床屋になれそうか?」

「もちろんよ。素晴らしい手際だった。あなたもやってもらったらいいのに」

ジョイスが謝罪の気分から脱したのを見て、僕は嬉しく思った。けれど、交わすべき言葉はほとんどなかった。僕らは手を握り合い、間の抜けた笑みを浮かべ、お互いの顔を見つめていた。背の高い看護婦がドアを開けた。

「さぁ、そろそろ出てってください」

僕はジョイスにキスをして廊下に出た。

「どれぐらいかかりますか?」

「長丁場ですよ」看護婦が言った「家に戻って、少しお休みになったらどうですか?」

「そんなことできません。それは正しくないと思います」

「ばか言っちゃいけません。産科の先生がここに来るのは朝の八時ですよ」

「それは、つまり……ジョイスはそんなに長いあいだ苦しむんですか?」

「今は苦しんでないでしょうに。それに、ここにいてもあなたにできることはありません。いっさい、なにも」

そうは言っても、妊娠した妻をひとり残して呑気に病院を去ることなど、男に許された行為ではない。それは前例のない、粗野にして冷酷な振る舞いであるように僕には思えた。たとえ看護婦が正しかったとしても、伝統は僕にたいして留まるように要求していた。

「最後までここにいますよ」僕は言った。

看護婦は肩をすくめ、眉毛をぴくぴくと震わせた。

「なかには、物分かりの良いご主人もいるんですよ。ごくまれにね」

僕は待合室に戻った。

自らを苛む二人の父親のもとに、三人目の仲間が加わっていた。きれいにひげの剃られた年配の男性で、小ざっぱりした茶色のスーツを身にまとっていた。男性の体から、同志にたいする理解と親愛の情が、甘美な蒸気となって立ち昇っていた。げっそりとやつれた二人は、この男性を好意的な聴き手として迎え入れた。それぞれが、自らの身に降りかかった災難を表明した。一人目の父親は、自分の妻がすでに一三時間も陣痛に苦しんでいることを伝えた。「正確には、一三時間と四二分です」時計を見ながら彼は言った。年配の男性は気の毒そうに舌を鳴らした。一人目の父親は時計を外し、椅子に腰かけ、髪の毛に指を突っこみ、さっきまでの苦悩の仕種を再開した。二人目の父親が、乾いてひび割れた唇を湿らせ、充血した瞳を年配の男性の方へ漂わせた。英知と愛情の化身であるこの男性は、二人目の父親の話を聞くために体の向きを変えた。「わたしの家内は、一六時間と一二分です」二人目の父親はこう言って、自己を卑下する笑みを浮かべた。二人目は一人目より、三時間だけ優位に立っていた。一人目の父親は深く恥じ入り、頭を垂れてじっとしていた。けれど、二人目の父親が獲得した束の間の勝利は、穏やかな年配の男性にすぐさま掠《かす》めとられた。

「長男のビリーが生まれたときのことです。キャメロン夫人、すなわちわたしの妻は、五三時間の陣痛に耐えました」

キャメロン夫人が打ち立てた記録はあまりにも圧倒的で、二人のやつれた父親は速やかに、親切な年配の男性にたいする関心を喪失した。彼は今、その暖かな微笑みを僕に向けていた。けれど、僕にはもうじゅうぶんだった。ここにいる男たちは、妻の苦しみを鼻にかけ、妻の苦しみのうちにばかげた慰みを見い出していた。看護婦の言葉は正しい。僕は家に帰ることに決めた。

ベッドに横になったのは一時半ごろだった。父さんの部屋から汽笛のようないびきが聞こえる。ジョイスが病院にいることを父さんは知らない。今夜は起こさない方がいい。僕は暗がりのなかで煙草を吸った。すると、罪の意識が指を伸ばして僕を突いてくるのを感じた。僕がしたことは正しかっただろうか？　ひょっとしたら、伝統を信用すべきだったかもしれない。妻が陣痛の渦中にある。そのとき男は、夜通し寝ずに過ごすべきではないだろうか？　自らに苦痛を課すことでなんらかの負担を分かち合い、同じ運命を共有したいという意志を表明すべきではないだろうか？　あの背の高い看護婦は、どのみちこうした点には興味がなかった。彼女は冷ややかな科学者のように理を説いた。いつの日か、僕らの子供は悔しさに身をよじるのではないだろうか？　子宮から地上の生への危険に満ちた道のりを進むあいだ、あろうことか父親は、ベッドのなかで快適な睡眠を貪っていたのだから。僕は寝返りを打ち、思い悩み、午前三時までこの問題と格闘していた。

やがて、素晴らしく高貴な記憶が僕のもとに帰ってきた。僕はベッドから飛び降りて、クローゼットの中から自分のボストンバッグを引っぱりだした。それは脇のポケットに入っていた。赤いリボンで結ばれた、萎れたスイートバジルのブーケ。母さんの指示の細かいところまでは思い出せなかった。僕が覚えているのは、ベッドからバジルの束を吊るすということだけだった。僕はバジルをヘッドボードの横木にくくりつけ、枕の上に落ちかかるようにした。横になると、甘く鋭い芳香が鼻孔を満たした。それは母さんの髪の匂いにどこか似ていた。母さんの暖かな瞳が僕に向かって笑いかけた。僕は泣いた。だって僕は、父親になんかなりたくないから。夫にも、男にさえもなりたくないから。僕は六歳か七歳に戻り、母さんの腕に抱かれて眠りたかった。じきに僕は、母さんの夢を見ながら眠りに落ちた。

僕は父さんに起こされた。朝の七時だった。

「おい、電話だ」

僕は跳ねるように体を起こし、階下の電話へ駆けていった。病院からだった。看護婦が現状を僕に伝えた。まだ赤ん坊は生まれていないけれど、ジョイスの体に問題はないということだった。

「苦しんでますか?」

「妊婦は誰でも、いくらかは苦しみます」

「すぐに行きます」

「それがいいでしょうね」

父さんが横に立ち、耳をそばだてていた。

「赤ん坊が生まれるよ、父さん。もう、いつ生まれてもおかしくないよ」

父さんのくわえている葉巻が揺れた。

「ジョイスはどこだ?」

「病院だよ。昨日の晩に連れていったんだ」

僕は二階に駆け上がり服を着替えた。ガレージに着いたときには、すでに父さんが助手席で待ち構えていた。僕たちは病院へ車を走らせ、エレベーターに乗って一二階に向かった。看護婦が父さんを待合室に案内した。真っ青な顔を恐怖に引きつらせ、父さんは僕の背中を見送った。僕はジョイスのいる部屋を目指し、早足で廊下を歩いていった。

ジョイスは苦しみの小さな海のなかに横たわっていた。ジョイスの苦痛が蒸発し、霧となって部屋中に立ちこめている。ジョイスは湿ったシーツに寝そべり、汗をかきつつ身もだえし、口をゆがめ、歯をくいしばっていた。ジョイスの瞳は牛乳の塊のようだった。はじめ、ジョイスには僕が見えていなかった。けれど、僕が扉を閉めたとき、ジョイスは苦しみの波から身を起こし、枕の上方に渡してある鉄の棒を握りしめ、ベッドの上に腰かける姿勢へ上半身を引き上げようとした。巨大な水ぶくれのようになった白い風船が、痛みのためにかすかに震えている。その風船はあまりに重く、生気を欠いたジョイスの指の当てどもない力では、到底支えきれるものではなかった。ジョイスは憔悴しきった様子で息を切らしていた。激痛にゆがむ唇が見苦しく痙攣し、か細い息を吐きだしている。

ジョイスはようやく、ベッドの足もとに僕が立っていることに気がついた。僕を見る目に、強い驚きが宿っていた。僕の心はジョイスに寄り添い、周りが見えなくなるほどの痛みを味わっているジョイスに憐れみを注いだ。決まりきった文句のほか、僕には慰めの言葉が見つけられなかった。無益な言葉やあさましく場違いな言葉が、ぼんやりとした輪郭を描き、僕を罠にかけようとしていた。僕がその場に、喉をからからにして立ちつくしているとき、痛みが急にジョイスを襲った。ジョイスは膝を上げ、獣のように泣き叫んだ。抑えようにも抑えきれない遠吠えのごとき声が、ジョイスの唇から漏れて出た。その声にはリズムがあり、拍子を数えることもできた。叫びが細いリボンとなって、ジョイスの歯のあいだから螺旋を巻いて立ち昇っている。発作が収まり、痛みが自然に消え去ると、ジョイスは感謝とともにため息をつき、ぼさぼさになった濡れ髪をうしろに払って、視線をじっと天井に注いだ。それからジョイスは、僕がその場にいることを思い出した。

「あぁ、わたしの意気地なし！」ジョイスは悲しげに言った。

「ちっともそんなことないよ」

僕はジョイスの傍らに歩み寄った。ジョイスが横になっているのは大きなベビーベッドのような寝台で、長さの調節できるスチール製の手すりが取りつけてあった。身をかがめてジョイスにキスをしたとき、僕はジョイスの赤い口を、苦痛の官能を湛えた肉厚の唇を、見る者を貪るような白い瞳を間近に見た。僕はジョイスの苦難に打ちのめされた。けれどジョイスの口のなかには情熱があった。そしてジョイスは猛り荒ぶりながら僕にしがみついてきた。ジョイスの腕を振り払うには、太い手首にありったけの力をこめなければならなかった。あなたを愛してる、ジョイスはうめくように言った、あなたを愛してる、愛してる、愛してる。

痛みがまたもジョイスを捉えた。ジョイスは端から端へと転がり、膝を上げ、目の前にある鉄の棒を指で押し、苦悶のリボンを吐き出した。苦しみが和らぐと、ジョイスの白い瞳が籠のなかの鳥のように、僕のまわりをばたばたと飛びまわった。すると痛みが僕に達した。僕はすさまじい腹痛を覚えた。腹を抱えて背中を丸めたいくらいに痛かった。そんな僕をジョイスが見ていた。

「苦しいのね」ジョイスが言った「ここにいるのは、あなたには酷《こく》すぎるわ」

「僕は平気さ」

「これを飲んで」ジョイスは息を切らしつつ、ベッド脇のテーブルに置いてある水の入ったコップに手を伸ばした。けれど、ジョイスの手がコップに届きかけたとき、苦痛がジョイスに躍りかかった。ジョイスは身をよじり、転げまわり、喉から叫びのリボンを振り撒いた。僕は苦悶のあまり体を曲げた。けれど僕は叫ばなかった。狂おしい騒乱が僕の内側に入りこみ、下痢になったような腹痛が広がっていくあいだ、僕はただうめき声を上げるばかりだった。

「あなた」ジョイスが口を開いた「お医者さまを呼んで。苦しいって分かってるから!」

「僕が?　僕はすこぶる快調だよ」

けれど僕には、壁にかかった鏡に映る自分の姿が見えていた。僕の顔は真っ青で、瞳が目から飛び出していた。僕は自分に嫌気が差し、自分にたいして腹を立てた。

「わたしのことは心配しないで」今にも消え入りそうな声でジョイスが言った「とてもうまくいっているから。痛みもすっかり消えたのよ。見て！」ジョイスは微笑み、大きく腕を広げた。

僕がジョイスの方に顔を上げるなり、痛みがまたしてもジョイスを襲った。ジョイスはもがき、ふと眼差しを和らげ、瞳を涙でいっぱいにした。ふたたび発作が収まると、ジョイスは顔を両手で覆い、静かに泣きはじめた。

「あぁ、主よ！」ジョイスは叫んだ「もう、長くは耐えられません」

僕はジョイスのためなら何だってしてやりたかった。苦悶に満ちたジョイスの激痛を軽くするためなら、二本の腕も、足も、手も、命でさえも差し出すつもりだった。けれど僕はその場に棒立ちになり、突然の腹痛に耐えきれず体を折り曲げ、ついには足をよろめかせてそのまま廊下に出ていった。

僕の方に近づいてきた人影の主はスタンリー先生だった。隣にいる看護婦が、瓶と注射器の盛られた盆を運んでいる。

二人はなにも言わずに僕を見つめた。スタンリー先生が看護婦の盆から錠剤の入った瓶を手にとり、手のひらに一錠を乗せた。

「これをどうぞ」先生は言った。

僕は錠剤をひと息に飲みこんだ。

「先生、妻はひどい状態です」

スタンリー先生と看護婦は僕の前を通りすぎて部屋のなかに入っていった。僕は待った。僕の腹痛は収まった。数分後に二人は出てきた。先生は両手をこすり合わせていた。

「経過はじつに順調ですね」

「そんな、先生、妻はものすごく苦しんでるのに」

「いいから少し落ち着いて。鎮静剤を投与しました。意識が戻るころには、痛みのことなど忘れていますよ。これから彼女を、分娩室に連れていきます」

看護婦たちが担架を押してジョイスを部屋から連れ出していく。一行が廊下を進むあいだ、はじめ僕は尻込みし、壁にぴたりと体を押しつけていた。自分の存在がジョイスの邪魔になるのではないかと不安だった。けれど担架が僕の前を通りすぎていくとき、僕の目に映ったのはジョイスの寝顔だった。ジョイスは目を閉じ、白さと愛くるしさでいっぱいの表情をしていた。なにか薬を与えられたに違いなかった。僕はジョイスの隣から離れずに廊下を歩いていった。一度だけ、ジョイスが小さな呻《うめ》きを上げた。長い嵐を経たあとに、言葉では表現できない平穏に到達したとき、人はこんな声を発するのだろう。ジョイスの囁きは僕にも平穏をもたらした。すべてうまくいっている。じきに赤ん坊は生まれるし、ジョイスの体にも問題はない。僕はそう確信した。

僕は待合室に戻った。父さんはひとり掛けの大きな椅子に腰かけ、腕を組み、鉄壁の沈黙に閉じこもっていた。

「もうすぐだよ」僕は言った。

「なんだと？」父さんが小声で言った「まだ生まれてないのか？」

「ちょうど今、ジョイスが分娩室に運ばれていったよ」

「ここの連中はなにしてるんだ？」

「できることをしてるんだよ」

僕の言葉を聞いて父さんは唸った。僕が病院と結託して、赤ん坊の誕生を妨害していると思っているのだ。父さんはそれ以上はなにも言わず、じっと前を見つめていた。

待合室には父親たちの新しい一団が集まっていた。けれど話している内容は変わらなかった。当惑した男たちの口から語られるのは、妻をめぐる古びた物語ばかりだった。僕はそこにいたくなかった。コーヒーでも飲もうと思い、僕は父さんを残して待合室の外に出た。エレベーターに乗り、地上階にある病院の食堂へ向かった。

食堂は看護婦と医者と研修医でごった返していた。僕はカウンターに腰かけメニューを吟味した。でも、なにも欲しくならなかった。心配ないと分かっているのに、僕は不安を振り払えなかった。僕は通用口から通りへ出た。

重くて生ぬるい霧の立ちこめる、陰鬱な朝だった。僕は煙草に火をつけ、病院の敷地を囲む歩道を歩いていった。見栄えよく剪定された、背の高いユーゲニアの垣根が、通りに沿って立ち並んでいる。緑の通路を進んだ先に庭園があり、そこには噴水が設えられていた。大ぶりの赤い石のあいだから、水しぶきが上がっている。噴水の周りを歩いていると、水滴が冷たい唇で僕の顔にキスしてきた。細かな水の粒の向こうに、ゴシック様式の扉の輪郭が見えた。病院の礼拝堂だった。突然に、理由も知らずに、僕は泣いた。捜し求めているものが、砂漠の終わりが、地上における僕の家がそこにあったから。僕は勢い込んで礼拝堂に駆けていった。

汝らに平安あれ《パクス・ウォビスクム》！　そこは主祭壇に十字架が掲げてあるだけの小さな空間だった。膝をつくとき、悔悟の満ち潮が僕を飲みこみ、雷鳴のごとき洪水が耳のなかで荒れ狂った。祈ることも、赦しを乞うことも必要なかった。僕のすべてが、岸へ戻ろうとする波のように、深い流れのなかに消えていった。僕は一時間近くをそこで過ごし、外へ出ようと立ち上がったときには満面の笑みを浮かべていた。なぜなら今は、笑うべき時だったから。大いなる喜びの時だったから。


一〇分後、僕は男の子と対面した。マスクをつけた看護婦の腕に、裸の赤ん坊が横たわっている。分厚いガラス窓の向こうにいるせいで、僕は彼に触れられなかった。赤ん坊はしわくちゃで醜かった。卵の黄身に浸かる不細工な小人のようだった。口ひげをつけてやれば、彼の祖父さんと見分けがつかなくなりそうだった。看護婦が赤ん坊の体を僕の方に向けると、彼は甲高い声で泣いた。手から十本の指が、足から十本の指が、股のあいだから一本のペニスが生えていることを僕は確認した。父親がそれ以上のことを望んではいけない。僕は頷き、すると看護婦がおそろしく小さなその体を毛布でくるんだ。赤ん坊は、巨大な病院の入り組んだ設備のどこかへ連れていかれた。

そのすぐあと、車椅子に乗せられたジョイスが分娩室から運ばれてきた。ジョイスは疲れきった様子で、気怠そうに笑っていた。

「あの子、見た?」ジョイスが小さな声で言った。

僕はジョイスの手を力いっぱい握りしめた。

「今は話さなくていい。ゆっくり寝よう」
「素晴らしかった」ジョイスがため息をついた「少しも痛くなかったの。ほんとうに、少しも」
ジョイスは目を閉じ、看護婦たちが廊下の先へ車椅子を押していった。

父さんは待合室の窓際に立っていた。僕は父さんの肩に手を置いた。父さんがこちらを振り返る。僕はなにも言わなくてよかった。父さんは泣いた。僕の肩に頭をもたせかけ、ひどく痛ましい様子で泣き声を上げる。僕は父さんの肩の骨を感じた、柔らかくほぐれていく古びた筋肉を感じた。僕の父の匂いを嗅いだ、僕の父の汗を嗅いだ、僕の生の起源を嗅いだ。父さんの暖かな涙を感じた、男の孤独を感じた、あらゆる男の優しさを感じた、痛みと哀しみにまみれた生の美しさを感じた。

僕は父さんの手を引いて廊下を進み、主任看護婦のいる受付へ向かった。父さんは赤いハンカチで目を覆い、とめどなく流れ出す涙をぬぐっていた。泣きながら立っている父さんの横で、僕は主任に声をかけ、僕の父が孫に会いたがっていることを伝えた。父さんは主任の方を見ようともしなかった。けれど主任は、父さんを苦しめている激しい喜びの前で膝を折った。

「規則では禁止されてるんですよ」主任は言った「でも、まぁ…」

僕たちは主任のあとについて、前後に開く自在扉を通りすぎていった。僕の手に父さんの手が握られている。いったん姿を消した主任が、しばらくしてから、ガラス窓の向こうに現われた。顔にマスクをつけ、腕に赤ん坊を抱えている。父さんには赤ん坊が見えなかった。赤いハンカチにくるまれた二本の手が、父さんの両目を覆っていたから。けれど、赤ん坊がすぐそばにいることは分かっていた。

神の顔を直視するのを恐れるみたいに、父さんは敬愛に打たれ下を向いていた。たとえ視線を上げたところで、涙に埋まった父さんの瞳では、赤ん坊を見ることはできなかっただろう。やがて主任は赤ん坊を連れていなくなり、僕は父さんといっしょに廊下を引き返した。車に着くまで、父さんはずっと泣いていた。過酷な試練が、父さんからすべての力を奪っていた。車での帰り道、父さんは茫然自失の面持ちだった。座席に頭をもたせかけ、両手をだらりと膝の上に寝かせていた。

「俺は家に帰る」父さんが言った。

「あと二、三分で着くよ」

「サンフワンだ。母さんのところだ」

僕は腕時計に視線を向けた。「一時間後にサン・ホアキン・デイライトが出るな。特急列車だよ」

「俺は道具を取ってくる。お前は俺を駅まで送れ」

そのあとは静かだった。父さんは少しずつ力を取り戻した。僕は家の前の通りに車を停めた。二人いっしょに車から降りると、父さんはその場に立ちどまり、高く尖った屋根とアーチ形の扉をじっくり眺めた。

「良い家だな」父さんが言った。

「少し床が傾いてるけどね」

「はん。別に大したことじゃない」

「白蟻もいるしさ」

「どこの家にも白蟻はいる」

「でも、どこの家を探したって、あんなに立派な暖炉はないよ」

父さんはにっと笑い、葉巻に火をつけた。

「あれは良い出来だぞ、息子よ。サンタクロースが煙突から降りてきても、たっぷりの隙間があるからな」

「父さん、ジョー・ムートの畑のそばの土地はどうする？　僕があそこを買おうか？」

「お前はここにいろ。ここでお前の子供を育てるんだ」父さんが言った。

僕たちは家に入った。荷物をまとめる父さんが、鼻歌を歌っているのが聞こえた。

訳者あとがき　父になる、永遠の息子

一九三〇年代前半、若きファンテの文才をいち早く見出し、自身が主幹を務める文藝誌『アメリカン・マーキュリー』でデビューさせたH・L・メンケン（一八八〇〜一九五六）は、文学の世界におけるファンテの「父」と呼ぶべき存在だった。三〇年代をとおして、二人のあいだでは活発な書簡のやり取りが行われている。創作上の悩みを赤裸々に吐露する新進の作家にたいし、メンケンはつねに変わらず、理解と情愛に満ちた助言を与えつづけた。一九三三年十月、メンケンが『アメリカン・マーキュリー』の編集から身を引くという報せを聞きつけたファンテは、敬愛する師にたいして次のように書き送っている「『アメリカン・マーキュリー』は僕の生地でした。僕の家、僕の学校、僕の恋人、僕の遊び場でした。それは僕にとって、生そのものでした」

一九四〇年九月、ファンテにとって三冊目の単行本となる *Dago Red*（『デイゴ・レッド』拙訳、未知谷、二〇一四年）が出版される。その直後、次作執筆の原資としてグッゲンハイム財団の助成金を獲得するため、ファンテはメンケンに財団への推挙を依頼する。この件について二、三の書簡を交わしたあと、両者のやり取りは長期にわたって途絶えることになる。

四〇年代も一貫して旺盛な著述活動を続けていたメンケンであったが、一九四八年に脳卒中に見舞

われ身体の自由を失う。新聞でメンケンの病状を知ったファンテは、自身の近況報告も兼ねて、見舞いの手紙をしたためている。

最後に手紙を書いてから十二年が過ぎました。そのあいだに、僕は結婚し、四人の子供に恵まれ、六ヵ月前に父親を亡くしました。父は七十二歳でした。長男の誕生は、僕の人生でもっとも素晴らしい出来事だったと思います。父を失ったことは、僕の人生でもっとも大きな痛みです。十年ぶりに、僕の新作が出版されます。これまでに書いたなかでも、とびきり最高の一冊です。この秋に、リトル・ブラウンから刊行される予定です。献辞にはこう記すつもりです。
H・L・メンケンに　変わることのない讃嘆をこめて[2]
（一九五一年六月十八日付け）

右の書簡で言及されているファンテの「新作」、すなわち本書『満ちみてる生（*Full of Life*）』は、実際には「この秋」ではなく、翌春（一九五二年四月）に出版される。約十年の沈黙を経て発表された四冊目の単行本は、刊行と同時に大きな反響を巻き起こす。クリストファー・モーリーの評（「死へと駆け足で向かっていくような世相にあって、愛と徳の生態を描いたこの作品は、生の高潔さを称揚している」）をはじめ、批評家の声はなべて好意的であり、本書はたちまちベストセラーリストに顔を出すようになる。同年五月、ブック・オブ・ザ・マンス・クラブが『満ちみてる生』を「今月の一冊」に選出する。『リーダーズ・ダイジェスト』誌は、本作品の縮約版を掲載するため、作家に七〇〇〇ドルの権利料を支払っている。[3]

そもそも本書は、世に出る以前からファンテに大きな収入をもたらしていた。『セールスマンの死』（一九五一年公開）や『真昼の決闘』（一九五二年公開）のプロデューサーとして知られるスタンリー・クレーマーが、手稿の段階から本書に目をつけ、映画化の権利を四〇〇〇〇ドルで購入していたのである。ファンテ自身が脚本を担当し、リチャード・クワインが監督を務めた映画『満ちみてる生』は、コロンビア・ピクチャーズの周到な宣伝による地ならしを経て、一九五六年十二月、クリスマスに合わせて公開される。原作の小説と同様に、映画は華々しい成功を収めた。『タイム』はファンテの脚本の「幸福に満ちた感触」を褒めたたえ、『ヴァラエティ』はこの映画を「きわめて満足のいく出来」と形容した。『ザ・ハリウッド・レポーター』は「勝者（Winner）」という見出しをつけて本作品について報じ、『ペアレンツ・マガジン』はこのフィルムを「家族向け映画」の月間最優秀賞に選出している。翌年二月、ファンテはＷＧＡ（全米脚本家組合）の会長を務めるエドモンド・ノースより、『満ちみてる生』が全米脚本家組合賞の最優秀賞（喜劇部門）にノミネートされたことを知らされる。かくも大々的な商業的成功は、ファンテの生涯を通じてただ一度きりの出来事だった。[4] 以後、脚本家としてのファンテのもとには好条件のオファーが次々と舞いこむが、フィルムに結実した作品の数は少ない。さらに言うなら、こうした強力な追い風にもかかわらず、ファンテの小説家としてのキャリアはいささかも好転しなかった。次作『葡萄の信徒会（*The Brotherhood of the Grape*）』が発表されるのは、『満ちみてる生』の刊行からじつに四半世紀後（一九七七年）のことである。

ファンテの文学がもっとも豊かな実りをもたらしたのは、一九三八年から四〇年にかけての三年間だった。長篇デビュー作 *Wait Until Spring, Bandini*（一九三八年。『バンディーニ家よ、春を待て』拙訳、未知谷、二〇一五年。以下、『バンディーニ』と表記する）を皮切りに、三九年には *Ask the Dust*（『塵に訊け！』都甲幸治訳、DHC、二〇〇二年）、その翌年には『デイゴ・レッド』と、重要な著作を立てつづけに刊行している。『デイゴ・レッド』と『満ちみてる生』のあいだには十二年もの空白が横たわっているが、ファンテはその期間も小説の執筆を中断していたわけではない。

　記録に残っているかぎり、ファンテは一九四〇年代、少なくとも三つの作品を構想している。そのうちの二作は、『デイゴ・レッド』の版元であるヴァイキング・プレスから刊行される予定だった。一作目は、デンバーに暮らすイタリア系移民の生活を描いた、『あぁ、哀れなるアメリカよ！（*Ah, Poor America!*）』と題された小説である。しかし、一九四〇年十一月の時点で、作家はすでにこの作品の執筆を断念している。ファンテにとってより重要だったのは、フィリピン系移民を主人公とする『小さな茶色い兄弟（*The Little Brown Brothers*）』という長篇である。一九四四年の秋、全体の五分の一程度を書き上げたファンテは、ヴァイキングのパスカル・コヴィチに原稿を提出する。ところが、ファンテの強い期待に反して、コヴィチからの返答は否定的なものだった。自作への信頼を捨てきれなかったファンテは翌年、ニューヨークの出版人A・A・ウィンに宛てて、『小さな茶色い兄弟』の草稿に興味がないか問い合わせている（ファンテは書簡のなかで、「わたしは自分の書いた文章に興奮を覚え、これまでに手掛けたなかで最高の小説だと確信していました」と述べている）[5]。けっきょく、ウィンからも色よい返事は届かず、フィリピン系移民の小説は日の目を見ることなくお蔵入りする。作家は失意の底に沈むが、それでもふたたび小説の執筆に向かう。一九四六年三月、ヴァイキングのコヴィチに宛てた書簡で、ファンテは次作の構想を披露している。

親愛なるパット

僕が新しい小説を書きはじめたと聞いたら、きみは興味をそそられるだろう。その作品が、これまで僕が書いたなかでもっとも素晴らしい一冊だと知れば、ますます興味をそそられるだろう。それは出産計画をめぐる小説だ。ある男と、その妻をめぐる小説だ［……］。[6]

（一九四六年三月二十三日付け）

ファンテは一九三〇年代半ばにも、出産計画を題材にした作品の執筆を試みている。作家はこのテーマに並々ならぬ関心を抱いていたらしく、『満ちみてる生』の第五章にも出産計画への言及が認められる。[7] いずれにせよ、「これまで僕が書いたなかでもっとも素晴らしい一冊」になるはずだったこの作品は、タイトルさえ与えられぬまま引き出しの隅に追いやられる。ファンテにとって四〇年代は、産みの苦しみとともに過ごした十年間だった。長いトンネルを抜け出して、ついに『満ちみてる生』の執筆に着手するのは、一九五〇年を迎えてからのことである。母親に宛てた手紙のなかで、ファンテは新作の内容を手短に紹介している。

つい最近、『ウーマンズ・ホーム・コンパニオン』が僕の新しい本を五五〇〇ドルで買い取ったよ［……］。これはニッキー［引用者註：ファンテの長男のニックを指す］が生まれたときのことを書いた小説なんだ。もちろん、ほとんどの内容は作り事だけどね。ひとりの男とその妻が、元気な男の子の親になるまでの日々を描いた、最高に愉快な物語だよ。[8]

（一九五〇年六月七日付け）

この手紙にも記されているとおり、『満ちみてる生』の内容はあくまで「作り事（fiction）」である。そもそも手稿の段階では、語り手の名前は「ジョン・ファンテ」ではなく「アルトゥーロ・バンディーニ」だった。つまりこの作品は、『バンディーニ』と『塵に訊け！』の流れを継ぐ、「アルトゥーロ・バンディーニのサーガ」の第三作になるはずだったのである。語り手の名前が変更された理由を、ファンテはメンケン宛ての書簡のなかで次のように解説している。

この小説は純然たるフィクションです。けれどリトル・ブラウンは、フィクションという体裁ではこの本は売れないだろうと考えました。そこで、主人公に僕の名前を使えないかと提案してきたのです。僕は同意しました。この下らない名前の変更のおかげで、今や僕の新作は、フィクションではなくファクトになったというわけです。[9]

（一九五二年三月二十一日付け）

とはいえ、先行する作品と同様に、『満ちみてる生』にはファンテの人生の「ファクト」が大いに反映されている。たとえば、物語の起点をなす白蟻の災難は、ロサンゼルスに暮らしていたファンテ夫妻の実体験に基づいている。一九四五年春、ファンテはれんが積み工の父親（ニック・ファンテ）に、購入したばかりの新居の点検を頼んでいる。その際、家の木材が白蟻に蝕まれていることが判明する。

ファンテは母親に手紙をしたため、家屋の現状について報告している。

僕らの家は、父さんに来てもらった時のまま変わりないよ。僕は弁護士に会ってきた。僕たちにこの家を売りつけた男を相手に、訴訟を起こすつもりだから。そのあいだに、僕はスミスと話をつけようと思ってる。だけどこいつは、行方をくらましたきり戻ってこないんだ。［……］スミスは一年前にこの家を調べた検査官で、ここに白蟻はいないと言った張本人だよ。スミスと連絡が取れたらすぐに、責任を取らせてやる。[10]

（一九四五年五月十六日付け）

けれどこの時期、家庭を顧みずにゴルフとポーカーにばかり耽っていたファンテは、白蟻の被害になんら対策を講じようとしなかった。そうして四年後、第三子（長女のヴィクトリア）を妊娠していたジョイス・ファンテは、腐食したキッチンの床板を突き破り床下へ落下することになる。一九四〇年代後半のファンテの日常について、ジョイスは次のように証言している。

夫はゴルフ場と賭博台で、文字通り日々の大半を過ごしていました。ゴルフがなぜ問題かと言えば、この趣味が際限なく時間を食いつぶすからです。一九四六年から五〇年まで、夫は毎朝、世の男性が仕事に行くのと同じ時間にゴルフ場へ出かけていき、夕食の時分まで帰ってきませんでした。週末も含め、毎日同じことが繰り返されました。時たまタイプライターの前に坐ることもありましたが、ゴルフに夢中になっていたあの数年、小説の執筆は完全に後まわしにされていました。[11]

一九五〇年の初め、ファンテはジョイスから第四子（三男のピーター）の妊娠を告げられる。小説の執筆が行き詰まり、出口の見えない状況がつづくなか、ファンテの目には妻や子供が、作家としてのキャリアを阻む忌まわしい重荷のごとく映りはじめる。ファンテは妻に堕胎を求め、ジョイスはそれをきっぱりと拒絶する。夫婦の関係は日増しに悪化し、ファンテは連日、深夜に泥酔した状態で帰宅するようになる（夫をベッドまで引きずっていくのはジョイスの役目だった）。三男の誕生を待つあいだ、作家は妻子を捨てて家を出ることも考えるが、けっきょくは思い直す。そして、もはや自分には後がないと悟った末に、新作『満ちみてる生』の執筆に取りかかる。牧歌的とも形容すべき平和な雰囲気に包まれたこの「家族小説」は、じつのところ崩壊寸前の家庭で書かれた作品だったのである。

前述のとおり、『満ちみてる生』は小説が刊行されるより先に、映画化の権利料という形で作家に大きな収入をもたらしていた。そこで一家は、ロサンゼルスのマリブビーチに建つ豪邸を二九五〇〇ドルで購入し、小説の舞台となった家からの引っ越しを決める。経済的な余裕が生まれたこともあり、家庭内の緊張はひとまず和らぎ、夫婦は平穏な生活を取り戻す。「一エーカーの土地、まわりをぐるりと取り囲むコンクリートの壁、四つの寝室、娯楽室、車四台分のガレージ、日光浴用のテラス、二つの暖炉」[12]を備えた、一フロア当たり五〇〇〇平方フィート（約四五〇平方メートル）のこの新居が、ファンテ夫妻の終の住み処となる。

『満ちみてる生』は先行する作品から多くの要素を引き継いでいる。なかでも、家族、信仰、イタリアという、ファンテ文学の核心をなす三主題は、本書においても重要な位置を占めている。

『満ちみてる生』の語り手は、すでに「アメリカナイズ」の完了した移民第二世代である。妊娠中の妻とは別のベッドで眠り、スラックスが汚れればクリーニングに出し、列車に乗るときはポーターに荷物を運んでもらう。イタリアの百姓のメンタリティが抜けきらない両親は、「正しいアメリカ人」としての彼の挙動に不満や疑念を抱かずにいられない。移民の一世と二世のあいだに認められる断絶が、隠し味のスパイスのようにして、本書の各所に挿入されている。たとえば、父と息子が列車でロサンゼルスに向かう途中、息子は食堂車でステーキとカクテル（マンハッタン）を堪能する。一方の父はというと、座席から動かぬまま、パン、チーズ、サラミ、それにワインという、自宅から持参した質素な食事で胃を満たそうとする。二人の夕食の献立から、アメリカとイタリアという、遠く隔たる世界のコントラストがくっきりと浮かび上がる。

世代間の断絶を示す例としてとりわけ象徴的なのが、「ミンゴの伯父貴と山賊団」をめぐるエピソードである。もうすぐ生まれる子供のために、父と息子は協力して、父の故郷アブルッツォで生涯を送った「赤髪の英傑」の物語を完成させようとする。泥酔した父親の口から語られる、始まりもなければ終わりもない錯綜とした逸話をもとに、息子はどうにかして「二〇ページにおよぶ短篇」を書き上げる。ところが翌朝、目の前に差し出された原稿に父親は見向きもしない。読まないのかと問いかける息子にたいし、父はにべもなく言い放つ「俺が読んでどうする？　いいか、息子よ、俺はそれを生きたんだぞ」（本書一一三頁）親子の会話は、物語を「生きた」第一世代と、物語を「読む（そして書く)」第二世代の隔たりを、この上ない簡潔さで表現している。生そのものが物語であるニック・ファンテのような人物に、本を読む理由などないのである。むしろ彼は書物に不信を抱いており、息子を読書から遠ざけるべく警告を発してさえいる(「その手の本を読むのはやめろ」本書一三〇頁、「そこの小僧は本を読みすぎるんです、神父さま。俺はずっと注意してきたんですがね」本書一三六頁)。『満ちみてる生』の父ニックの言葉は、『バンディーニ』の父ズヴェーヴォをめぐる描写を髣髴とさせる。

ズヴェーヴォが闘ってきた幾多の苦難と較べれば、未亡人の経験など物の数ではなかった。たしかに、本は読んでこなかった。つねになにかに追い立てられ、気苦労ばかりの人生を送ってきたズヴェーヴォに、本を読むための時間はなかった。それでも彼は生の言葉を、未亡人よりずっと深く読むことができた。未亡人の屋敷が書物で溢れかえっていようと関係なかった。彼の世界は、語るに足りる事柄に満ちていた。[13]

この場面でファンテは、「読むこと」と「生きること」を対置させつつ、後者に肩入れする姿勢をはっきりと表明している。『満ちみてる生』において、「読むこと」と「生きること」の対立は、作家とれんが積み工という親子の職業によっても暗示されている。父が積むれんがは「現実」を、息子が紡ぐ言葉は「虚構」を作り出す素材であり、両者はたがいに相容れない世界に属している。作家などという怪しげな商売に従事する息子に向かって、父はたびたび反発の感情を露わにする(「作家だとさ! はん!」本書四六頁、「なにが作家だ、くだらないことばかり書きやがって」本書五八頁)。たいする息子は、父の言葉を適当に聞き流す一方で、心なしか父の考えに同調している気味もある。ものを書くとはどこかいかがわしい行為であり、その胡散臭さをファンテは強く自覚している。『満ちみてる生』のニックには、言葉が孕む虚ろさを、「生」の側から指弾する役割が託されている。

物語の端緒を開く白蟻の騒動と同様に、作品の中盤以降に前景化するジョイスのカトリック信仰への改宗もまた、作家の人生の「ファクト」に由来している。四〇年代後半、すなわち夫がゴルフと賭け事に没頭していた時期、ジョイスは教父文学や聖人伝、それにカトリック神学に関する書籍に読みふけるようになる。彼女は息子たち（長男のニックと次男のダン）をカトリック系の学校に通わせることを提案し、ファンテはただちに妻の意見に賛同する。一九四八年五月、ついにジョイスは洗礼を授かり、はじめての告解を経験する。妻の後を追うように教会の懐へ立ち返ったファンテは、十数年ぶりに聖体拝領に参加する。かくして二人は、小説のなかのジョンとジョイスとは異なり、晴れて教会の公認する夫婦となる。ジョイスは当初、この「二度目の結婚」をきっかけに、夫が無軌道な生活から抜け出すことを期待していた。けれど妻の望みはむなしかった。婚姻の秘蹟を授かってからさして月日もたたないうちに、ファンテはゴルフ、ポーカー、飲酒という、なじみの生活へ引き返していく。[14]

『満ちみてる生』の語り手は、すでに教会を捨てて久しいものの、三十歳を過ぎた今もなお、信仰への郷愁を断ち切れずにいる。父親にたいする冷淡な態度を妻から咎められたあと、路上にひとりたたずむ父の姿を目にした彼は、自身の過ちを悟り涙を流す。「僕は泣いた。僕は自らの胸を打ち、こう言いたかった。メアー・クルパー、メアー・クルパー」（本書一一五頁）先述のとおり、本書はもともと「アルトゥーロ・バンディーニのサーガ」の第三篇になる予定だった。『バンディーニ』と『塵に訊け！』に描かれる、少年時代と青年時代のアルトゥーロも、自身が犯した罪を恥じ入り、深い悔恨の念とともに「メアー・クルパー、メアー・クルパー」と唱えている。これはカトリックのミサの冒頭で口にされる「回心の祈り」の一節であり、ファンテの原体験と密接に結びついた響きである。信仰は、作家の心から完全に姿を消したわけではない。それでも彼は、「善きカトリック信徒であること」の困難さを前にして立ちすくみ、「群衆をかき分けて進む」妻の背中を遠くから見守ることしかできない。妻の懇願と父の強要にもかかわらず、告解に赴くことを作家が頑なに拒絶した日の晩、妻は夫の寝室を訪れてある書物の一節を読みあげる。妻の口から流れ出る力強い言葉を聞いて、夫は覚えず喜びの涙を流す。ここでジョイスが朗読しているのは、十九世紀アメリカの作家ラルフ・ウォルドー・エマソン（一八〇三〜八二年）による、「自己信頼（Self-Reliance）」と題されたエッセーの一部である。[15] エマソンは、牧師の家に生まれ、自身もまた牧師としての道を歩みながら、やがて教会の制度の在り方に疑問を抱き、ついには牧師職を辞したという経歴の持ち主である。エマソンの言葉が同時代の読者におよぼした影響を、ある研究者は次のように要約している。

それ［引用者註：エマソンの主張を指す］は当時のアメリカ社会で、既存の教会組織を疑問に付しつつ、新しい思想や活動を呼びおこす衝撃力を備えていた。なぜなら、正しい信仰の根源が、人間の外部の権威や伝統ではなく、人間の内部の魂にあるのだと発想転換することによって、かれは信仰の復活と教会からの解放という、従来の考えかたからすれば矛盾する二つの課題を、同時に達成したからである。[16]

ここに述べられている「信仰の復活と教会からの解放」こそ、『満ちみてる生』のジョン・ファンテが希求していた事柄である。本書の第五章では、父と同じくイタリアにルーツを持つジョン・ゴンダルフォ神父が、作家とのあいだに「教理問答」を繰り広げる。ところが、トートロジーとしか形容のしようがない神父の議論を聞くにつれ、ファンテは口を開く気力を失っていく。権威とは、思考する自由を人から奪う恐るべき力であり、「真理の僕」として生きることを阻む堅固にして強大な壁にほかならない。妻がカトリックに改宗した日、作家は告解を拒んだために、神からの赦しを得られずに終わる。けれどその晩、妻の声によって奏でられるエマソンの言葉が、司祭に代わってファンテの魂を赦したのである。作品の結末近く、分娩室でジョイスが奮闘しているあいだ、作家は病院の庭に建つ小ぶりな礼拝堂の前を通りかかる。このときファンテの口をついて出る「パクス・ウォビスクム」とは、カトリックのミサで唱えられる文言であり、復活したイエスが弟子たちに授けた言葉を典拠としている。それはまるで、新たな命の誕生とともに、作家の信仰が「復活」したことを告げ知らせる号砲のようでもある。

母親に宛てた手紙のなかに書かれていたように、『満ちみてる生』は「ひとりの男とその妻が、元気な男の子の親になるまでの日々を描いた」作品である。ただし、本書は夫婦の物語であると同時に、父と（これから父になろうとする）息子の物語でもある。『デイゴ・レッド』や『バンディーニ』といった先行作品が示しているとおり、ファンテにとって父親は、自身の文学の源泉であり核心でもあった。次作『葡萄の信徒会』で、ファンテはふたたび父親を物語の中心に据えている。『葡萄の信徒会』が刊行されるのは一九七七年だが、じつのところその原型は、すでに一九五〇年代に構想されている。『満ちみてる生』の刊行からおよそ二年後、ファンテは出版社の編集者に宛てて、次作の概要を伝える手紙を書き送っている。

わたしはこれまでのキャリアをとおして、父について書くことに最大限の努力を注いできました。父の抱えていた問題や、父の経験した挫折と成功が、わたしの書くべき対象でした。父は三年前に亡くなり、わたしの心はそのために、決して消えることのない深い傷を負いました。瞼を閉じれば、今も父の姿が浮かんできます。父が過ごした最期の日々を、わたしは小説に書くつもりです。[17]

（一九五四年二月、日付け不明）

右に引用した箇所につづけて、ファンテは新作の筋書きを詳しく紹介している。実際に刊行された『葡萄の信徒会』のストーリーは、この手紙に書かれている内容とは大きく異なる。しかし、「父が過ごした最期の日々」を主題としている点は、ここに予告されているとおりである。『満ちみてる生』に引きつづき、本書に登場する父と息子も、れんが積み工と作家という組み合わせである。父はすでに齢七十六を迎え、体のいたるところに老いの徴候が認められる。語り手の作家は、幼少期の回想をところどころに挟みつつ、父と過ごす最後の時間を淡々と綴っていく。著者の晩年に発表されたこの長篇は、父をめぐるファンテの文学の総決算とも言える作品である。間近に迫る父の死にたいする恐怖や、ただの息子として生きていればよかった日々への郷愁が、語り手の言葉の端々から滲み出ている。

いったい男は、父のいない人生をどうやって生きるのだろうか？　朝がきて目を覚ますたび、自分に向かって言えるだろうか？　「わたしの父は、永遠に行ってしまった」［……］わたしもまた父親だった。自ら欲した役回りではなかった。わたしは子供のころに帰りたかった。家のなかで、父が強くやかましく過ごしていたころに帰りたかった。父性なんぞ糞くらえだ。わたしは父になるべくして生まれたのではない。わたしは生まれついての息子だった。[18]

「強い父」が健在でいるかぎり、男は「息子」として生きていられる。『バンディーニ』から『葡萄の信徒会』へいたるまで、ファンテはつねに、息子の眼差しをとおして小説の世界を創造している。イタリアの批評家エマヌエーレ・トレヴィは、ファンテのこうした創作態度を根拠に、この作家を「永遠の息子」と形容している。[19]父という「役回り」を拒絶する心情は、『満ちみてる生』の語り手のうちにも認められる。

僕は泣いた。だって僕は、父親になんかなりたくないから。夫にも、男にさえもなりたくないから。僕は六歳か七歳に戻り、母さんの腕に抱かれて眠りたかった。じきに僕は、母さんの夢を見ながら眠りに落ちた。

（本書一九四頁）

けれど、父にも、夫にも、男にさえもなりたくないと言いながら、語り手はけっきょく、子供の誕生を大きな喜びとともに迎えている。そして、孫の誕生を知り涙にむせぶ父を前に、「男の孤独を、あらゆる男の優しさを、痛みと哀しみにまみれた生の美しさを」感じるのである。小説は、父と息子が連れ立って家に帰る場面で幕を閉じる。過去の作品を振り返るなら、『バンディーニ』の結末でも、父と息子が並んで家路をたどっていた。二つの場面のもっとも重要な違いを挙げるとすれば、それは『満ちみてる生』の末尾において、父がすでに祖父となり、息子がすでに父となっている点だろう。子供の誕生は疑いなく、ファンテの文学を新たな局面に推し進める要因のひとつになった。というのも、ファンテは父になることで、「息子でありたいと願いつづける父親」という新たなモチーフを獲得したからである。『満ちみてる生』において萌芽の生じた「父として在ることへのためらい」は、やがて『葡萄の信徒会』へと接続される。こうして、『バンディーニ』に端を発する、永遠の息子による父の物語は終焉を迎える。それはまるで、ひとつのワインが時間をかけて、ゆっくり成熟していく過程のようでもある。いつも同じ父と息子が書かれているのに、その風味は作品ごとに大きく異なる。『バンディーニ』はまだ若く、みずみずしく、ときに舌を刺すような感触さえあった。一方で、すでに落ち着きを得た『満ちみてる生』は、穏やかに、和やかに、その香りを愉しませてくれる。それからさらに、二十余年の成熟を経て、重厚な深みを湛えた『葡萄の信徒会』が生みだされる。ファンテは人生のそれぞれの段階で、そのときにしか書けない味わいを読者に提供している。父になる喜びと哀しみを、心地よい笑いと涙で包みこんだ『満ちみてる生』は、ファンテが遺した著作のなかでも、もっとも柔らかな余韻を響かせる一冊だろう。

本書の刊行にあたっては、未知谷の飯島徹さん、伊藤伸恵さんに、たいへんお世話になりました。また、ファンテの熱烈な愛読者である未知谷の若き営業、藤枝大さんの存在も、訳者にとって大きな支えとなりました。ここにお礼申し上げます。二〇一四年の『デイゴ・レッド』、二〇一五年の『バンディーニ』、そして本書『満ちみてる生』と、これで三年つづけてファンテの著作を日本の読者に届けることができました。前二作に感想を寄せてくださった読者の皆さまにも、心より感謝いたします。読者から届く熱のこもった声がなければ、今回の翻訳は形になっていなかったと思います。

本訳書の底本には、一九八八年に Black Sparrow Press から再刊された版を用いました。現在は、ecco という出版社の版が入手可能です。

ファンテの評伝（*Full of life: a biography of John Fante*）によると、ファンテ自身が脚本を務めた映画 *Full of Life* は、当時日本でも公開されたようです。[20] ただ、残念ながら邦題を突きとめることができませんでした。アメリカ本国では、*Full of Life* のＤＶＤは現在も流通しており、インターネット通販で容易に入手できます。

無頼の作家チャールズ・ブコウスキーがファンテを崇敬していたことは有名な話ですが、今年になって邦訳が刊行されたブコウスキーの作品集『ワインの染みがついたノートからの断片』（中川五郎訳、青土社）には、ファンテとブコウスキーの出会いを描いた短篇「師と出会う（I Meet The Master）」が収録されています。ご興味のある方は、ぜひご一読ください。

二〇一六年十月　静和にて

訳者識

1　*John Fante & H. L. Mencken: A Personal Correspondence 1930-1952*, ed. M. Moreau, Consulting Editor, Joyce Fante, Santa Rosa, Black Sparrow Press, 1989, p. 54.

2　*Ibid.*, pp. 135-136.

3　小説 *Full of Life* 刊行当時の反響については以下を参照。Stephen Cooper, *Full of life: a biography of John Fante*, New York, North Point Press, 2000, pp. 242-243.

4　映画 *Full of Life* 刊行当時の反響については以下を参照。*Ibid.*, pp. 255-256.

5　John Fante, *Selected Letters 1932-1981*, Santa rosa, Black Sparrow Press, 1991, p. 211. なお、ファンテの死後に刊行された二冊の短篇集（John Fante, *The Wine of Youth, selected stories*, Santa Barbara, Black Sparrow Press, 1985. および John Fante, *The Big Hunger: Stories 1932-1959*, ed. Stephen Cooper, Santa Rosa, Black Sparrow Press, 2000.）に、『小さな茶色い兄弟』に組みこまれるはずだった短篇（計三篇）が収められている。各篇のタイトルは以下のとおり。Helen, Thy Beauty Is to Me--（*The Wine of Youth, selected stories* 収録）、Bus Ride（*The Big Hunger: Stories 1932-1959* 収録）、Mary Osaka, I Love You（*The Big Hunger: Stories 1932-1959* 収録）。

6　John Fante, *Selected Letters 1932-1981*, op. cit., p. 213.

7　出産計画の原語である birth control は、いわゆる「産児制限」を指す言葉である。『カトリック教会のカテキズム要約』（日本カトリック司教協議会常任司教委員会監訳、カトリック中央協議会、二〇一〇年）に倣い、拙訳では「出産計画」という訳語を採用している。三〇年代半ばに構想された出産計画をめぐる小説については以下を参照。栗原俊秀「訳者あとがき」『バンディーニ家よ、春を待て』、未知谷、二〇一五年、二九三〜三一四頁。

8　John Fante, *Selected Letters 1932-1981*, op. cit., p. 224. ちなみに、この手紙が書かれた段階では、『満ちみてる生』の原稿はまだ完成していない。それにもかかわらず大手の雑誌に作品が買い取られたのは、ファンテの著作権エージェントであるエリザベス・オーティスの尽力によるところが大きい。なお、『ウーマンズ・ホーム・コンパニオン』は最終的に同作の掲載を見送ったため、ファンテに支払われたのは五五〇〇ドルの掲載料のうち、前払い分の一〇〇〇ドルに過ぎなかった。

9 *John Fante & H. L. Mencken: A Personal Correspondence 1930-1952*, op. cit., p. 137.

10 John Fante, *Selected Letters 1932-1981*, op. cit., p. 210.

11 *Ibid.*, pp. 214-215.

12 *Ibid.*, p. 228.

13 ジョン・ファンテ『バンディーニ家よ、春を待て』、前掲書、二二三頁。

14 ジョイスのカトリックへの改宗については以下を参照。Stephen Cooper, *Full of life: a biography of John Fante*, op. cit., pp. 225-226.

15 エマソンは『塵に訊け！』のアルトゥーロ青年が愛読していた作家でもある。バンカーヒルの安宿に暮らすアルトゥーロは、部屋の壁にエマソンの言葉を貼りつけている。「彼女は何かを考えているように、黙って椅子を見て、俺を見て、ただ坐るだけなんてつまらない、というように微笑んだ。それから部屋を歩き回り、俺が壁に貼っていた文章を読んだ。俺がメンケンやエマソンやホイットマンから抜き出してタイプしたものだった」（ジョン・ファンテ『塵に訊け！』都甲幸治訳、DHC、二〇〇二年、一一四～一一五頁）。

16 平石貴樹『アメリカ文学史』、松柏社、二〇一〇年、八三～八四頁。

17 John Fante, *Selected Letters 1932-1981*, op. cit., pp. 231-232.

18 John Fante, *The Brotherhood of the Grape*, Santa Rosa, Black Sparrow Press, 1988, p. 136, 172.

19 Emanuele Trevi, *Storia di La confraternita dell'uva*, in J. Fante, *La confraternita dell'uva*, a cura di E. Trevi, trad. F. Durante, introduzione di V. Capossela, Torino, Einaudi, 2004, p. XV.

20 映画 *Full of Life* はポルトガル語、ドイツ語、スウェーデン語、フランス語、現代ヘブライ語、日本語、そしてイタリア語に訳され、世界各国に配給されている。Cfr. Stephen Cooper, *Full of life: a biography of John Fante*, op. cit., p. 260.

John Fante

1909年、コロラド州デンバーにて、イタリア人移民家庭の長男として生まれる。1932年、文藝雑誌《The American Mercury》に短篇「ミサの侍者」を掲載し、商業誌にデビュー。以降、複数の雑誌で短篇の発表をつづける。1938年、初の長篇小説となる *Wait Until Spring, Bandini*（『バンディーニ家よ、春を待て』栗原俊秀訳、未知谷、2015年）が刊行され好評を博す。その後、長篇第二作 *Ask the Dust*（1939年。『塵に訊け！』都甲幸治訳、ＤＨＣ、2002年）、短篇集 *Dago Red*（1940年。『デイゴ・レッド』栗原俊秀訳、未知谷、2014年）と、重要な著作を立てつづけに刊行する。ほかの著書に、*Full of Life*（1952年。本書）、*The Brotherhood of the Grape*（1977年）など。小説の執筆のほか、ハリウッド映画やテレビ番組に脚本を提供することで生計を立てていた。1983年没。享年74歳。

くりはら としひで

1983年生まれ。京都大学総合人間学部、同大学院人間・環境学研究科修士課程を経て、イタリアに留学。カラブリア大学文学部専門課程近代文献学コース卒（Corso di laurea magistrale in Filologia Moderna）。訳書にアマーラ・ラクース『ヴィットーリオ広場のエレベーターをめぐる文明の衝突』、ジョン・ファンテ『バンディーニ家よ、春を待て』、カルミネ・アバーテ『帰郷の祭り』（以上、未知谷）などがある。2016年、カルミネ・アバーテ『偉大なる時のモザイク』（未知谷）で、第2回須賀敦子翻訳賞を受賞。

満《み》ちみてる生《せい》 Full of life

二〇一六年十一月十日初版発行
二〇一九年四月十五日二刷発行

著者 ジョン・ファンテ
訳者 栗原俊秀
発行者 飯島徹
発行所 未知谷
東京都千代田区猿楽町二-五-九 〒101-0064
Tel.03-5281-3751 / Fax.03-5281-3752
〔振替〕00130-4-653627
組版 柏木薫
印刷所 ディグ
製本所 難波製本
Publisher Michitani Co. Ltd., Tokyo

ISBN978-4-89642-512-3 C0097